1303 ArMy

ISBN : 9798388504753
Dépôt légal : avril 2023

1303 ArMy

Roland Strauss

Prologue

Le 31 au soir, l'année se termine, comme toujours, par des feux d'artifice, des pétards et des fêtes. Des fêtes que l'on ne comprend même plus.
Pourquoi se réjouit-on ? Que fête-t-on ? Plus personne ne sait trop.
On pourrait croire que l'on célèbre une victoire. Mais une victoire sur qui, sur quoi ?
Peut-être la victoire personnelle de chacun : de faire partie des survivants, d'avoir tenu un an de plus...
Un anniversaire, peut-être ?
L'anniversaire du monde : il a un an de plus. Que le temps passe vite ! Il entre dans sa 2036e année, fatigué et inquiet.
Il y a de quoi.
Les saisons se succèdent, toujours trop froides ou toujours trop chaudes ; elles se complaisent à n'être jamais ce qu'on en attend. Cela est agaçant, plus encore : inquiétant.
L'air est pollué, il l'a toujours trop été.
La lumière est trop blanche ou trop bleue ; plus éblouissante qu'avant.
Peut-être faudra-t-il fermer les yeux.

Le 25 février 2036

Bonjour Armand,

Je t'envoie cette lettre pour une raison très particulière...

Assieds-toi juste, s'il te plaît. Je préfère t'imaginer assis.

Voilà, je t'écris pour te dire que je vais mourir.

On va tous mourir, tu me diras.

Oui, mais moi, je vais mourir bientôt.

Je suis désolé, c'est un peu cru. J'aurais peut-être dû prendre des pincettes, mais je t'avoue que je n'en ai pas trop le courage. Et je me suis dit que, de toute façon, adoucie ou pas, la nouvelle allait te faire le même (petit) choc.

Bref, tu sais l'essentiel.

Tu ne dois pas trop comprendre, et te poser des questions, mais non, je n'ai pas de maladie que je t'aurais cachée. Il n'y a globalement rien que je t'aie caché. Tu es mon meilleur ami et ton amitié est la plus belle chose qui m'ait été donnée (avec l'amour de Maman).

C'est juste que c'est fini.

Je suis désolé de te perturber, de t'apporter cette mauvaise – ou plutôt : étrange nouvelle, mais tu comprends que c'est beaucoup mieux que je puisse partir en t'expliquant, plutôt que de partir sans un bruit, te laissant avec mille doutes ou questionnements.

Tu as été un ami extraordinaire. Le meilleur dont on puisse rêver. Il ne faut donc pas que tu te dises que tu as échoué à me sauver, que tu aurais dû faire plus, ou mieux. Je serais triste si ma mort ajoutait de la culpabilité à ta douleur. Et donc, crois-moi : tu as fait tout ce que tu as pu, depuis des années, pour me chérir, me faire rire, me protéger, m'aimer comme un frère, comme un père, et même comme une copine parfois, même si on ne se l'est jamais dit. Tu essayais de me montrer que j'avais de la valeur. Tu as tout fait. Vraiment tout. Mais tu savais qu'à chaque instant je pouvais basculer. On ne se l'est jamais vraiment dit non plus, mais tu le savais... Tu sentais bien ces combats que je menais et qui me laissaient soudainement silencieux. Et nous restions là, tous les deux, au bord de la nuit. Comme je les ai aimés, nos silences.

Je suis désolé aussi de ne pas être comme tout le monde, pas comme il faut, pas à la hauteur... Pas à hauteur de vie. Il faut être si grand pour vivre. Et moi, je suis tellement petit. Si tu savais... Moi, j'ai du mal tous les matins, en me mettant sur la pointe des pieds, à regarder par-dessus le mur de la nuit. Le jour se lève de l'autre côté, il est lumineux et immense ; cela me terrorise. Et, peur ou pas, peu importe, le mur est si haut. Si inutile, aussi.

Alors je te laisse terminer seul... ou plutôt, je te laisse continuer sans moi, car tu as Hélène.

Sois certain que j'ai été profondément heureux de te voir te marier avec elle. Hélène est une femme hors du commun et qui a été faite pour toi. Quel père tu seras ! Le plus fort pour ses enfants, le plus aimant et apte au pardon, le plus calme, le plus drôle, le plus attentif pour les faire grandir.

Je te remercie encore de m'avoir choisi comme témoin à ton mariage. J'en ai été si fier. Parmi tous ces gens qui réussissent, qui rient, qui brillent de leurs dents éclatantes, j'étais là, moi, avec d'autres de tes amis, élu parmi cinq élus. J'ai toujours pensé (et je le pense encore) qu'un marié ne pouvait pas avoir plus de quatre témoins, mais que tu avais obtenu une dérogation pour moi.

Je suis admiratif de ce que tu fais et de la manière dont tu mènes ta vie. Ne crois évidemment pas que ma mort ait un quelconque rapport avec tes succès ou ton bonheur. Au contraire, tu aurais échoué ou aurais été malheureux que cela n'aurait que précipité celle-ci, par injustice et dégoût. Non, ton bonheur a été pour moi un puissant antidote, un espoir, un soutien. Armand le Magnifique ! Tu es tellement doué pour la vie ! Ta joie, ton humour, ta sensibilité, ta force... Je sais aussi tes combats, mais tu les gagnes ; tes doutes et tes peurs, mais tu les vaincs. Tes adversaires intérieurs s'acharnent et reviennent au combat, et chaque fois tu les repousses.

Je te remercie infiniment aussi pour toutes tes qualités, pour les avoir déployées au service de notre « amitié » ; toute cette affection que tu m'as témoignée tant de fois ; tous ces gestes d'amitié que tu as faits et qui m'ont sauvé tant de fois.

Mais bon, tu sais mon amour des femmes et tu sais qu'elles me le rendent si peu, ou si mal (c'est curieux que j'en parle au pluriel, comme si elles étaient un groupe uniforme). Je devrais plutôt dire que je n'ai pas trouvé, ou pas su garder, la femme qui m'aurait aimé.

Et tu as, là aussi, tellement espéré pour moi, tu as tellement œuvré aussi. Comme tes tentatives étaient touchantes, avec celles-ci ou celles-là, de me mettre en valeur, de les rendre sensibles à mon style. Croyais-tu que je ne le voyais pas ? J'avais démasqué tes petites manigances, tes éclats de rire un peu trop appuyés pour valoriser mon humour noir. Jusqu'à ta petite sœur, Armand ! Tu as été prêt à la sacrifier pour notre amitié ; tu lui parlais de moi avec respect et tendresse ; tu l'as fait rêver ; elle se faisait de moi une image tellement extraordinaire qu'elle était presque amoureuse avant même de m'avoir vu ! Et comme ce dîner, notre premier dîner à trois, a été un moment inoubliable !

Le début d'une idylle pour moi, qui a mal fini, certes, mais j'étais amoureux et ce fut si doux. Tu diras à Pauline qu'elle a été une amie merveilleuse, mais nous n'étions pas faits l'un pour l'autre, et elle a eu l'intelligence et la délicatesse de le comprendre vite et de me libérer d'un rêve qui aurait pu lui coûter très cher.

Alors, voilà, je vous laisse.

Là, maintenant, je sais que naissent dans ton cœur des idées folles, des plans absurdes pour me sauver ; je sais que tu gardes espoir ; que tu échafaudes déjà dans ton brillant cerveau des réponses, des actes insensés.

Mais j'ai voulu me prémunir de cela et ne pas avoir à argumenter, à me battre contre ta volonté ; et également te prémunir d'un échec à me convaincre, que tu aurais porté longtemps, et bêtement : car ce n'est pas ton rôle...

Je nous ai épargné tout cela.

J'ai donc fermé mon adresse mail, résilié mon téléphone portable, et je me suis installé à l'écart pour les quelques semaines qui me séparent de ma mort, de manière à ce que j'approche d'elle avec sérénité. Je viens déjà de passer quatre jours tout seul, dans une douce torpeur. Tout va bien.

J'espère que mon départ ne te changera pas, que tu resteras toi-même.

Je vous souhaite tout le meilleur, à toi et à Hélène.

Pardonne-moi. Pardonne ma faiblesse.

Ton ami pour toujours,

Sébastien

P.-S. – J'oubliais presque l'essentiel : je mourrai le 14 mars, dans 18 jours. C'est un vendredi.

Le 25 février 2036

Maman,
Chère Maman,
Si chère Maman,

Nous ne nous sommes pas parlé depuis plusieurs mois.

Tu as reconnu mon écriture et tu t'inquiètes.

Tes mains tremblent un peu, car tu sais que le pire est possible...

Je suis désolé, Maman.

C'est ainsi.

Oui, Maman, je t'écris parce que je vais mourir. Bientôt.

Même si tu le craignais au fond de toi, tu ne comprends pas trop non plus.

C'est normal : tout cela n'a aucun sens. Que je t'écrive ça, cela n'a aucun sens. Que je vive n'a aucun sens.

Je suis si fatigué, Maman. Si tu savais comme je suis fatigué. Il n'y a que tes bras qui pourraient apaiser une fatigue pareille. Mais je n'ai plus huit ans...

Peut-être peux-tu comprendre cela : je suis vidé de tout, Maman.

Pardonne-moi, Maman.

Pardonne-moi aussi mon silence depuis des mois. J'espérais ainsi t'habituer à mon absence, m'effacer peu à peu. C'est probablement une bêtise. Je ne suis pas sûr que cela fonctionne réellement. Le cœur d'une mère est un mystère. Et le tien, si profond, plus encore.

Pardonne-moi aussi car je sais que je ne t'ai pas assez écoutée. Pour Lucie, que tu souhaitais me voir… approfondir… le terme n'est pas heureux, mais tu comprends. Pour ton ami, le docteur Etretat, et pour le Somaxyl, qui m'aurait fait du bien, comme à toi ; je sais, il n'y a pas de raison…

Il y a manifestement des hommes qui naissent sans cette soif de vie qu'ont toutes les plantes et tous les animaux.

Ne m'en veux pas, s'il te plaît, Maman, ne m'en veux pas.

C'est ainsi.

Et surtout ne t'en veux pas, Maman, tu as été une super maman, dévouée, attentive, fatiguée dans le service, pleine d'amour. Ne t'en veux pas non plus pour Papa. Un autre père ne m'aurait pas fait moi.

Tu as fait tout ce que tu as pu et c'est l'essentiel. Sois-en convaincue.

Sois convaincue aussi que je t'aime.

Je suis même fatigué de t'aimer si fort, mon cœur craque, déborde, explose d'un amour trop contenu. Il aurait fallu que je puisse aimer quelqu'un d'autre aussi fort que toi. Un père, une femme, des enfants. Il aurait fallu que je puisse aimer le monde et la vie. Mais mon cœur a toujours été bouché, il n'a d'autre échappement, il t'aime toi, de tout l'amour dont je suis capable et il explose de douleur de ne pouvoir aimer plus.

Oh, je sais, il y avait des gens à aimer, mais c'est ainsi.

Alors, voilà, je sais que tu pries déjà pour moi ; je sais tu vas encore plus prier pour moi dans les jours à venir et pendant les quelques semaines qui me séparent de la mort.

J'ai toujours pensé que tout ça, c'était des idioties, mais j'aime aussi que tu croies en Dieu, en ton Dieu d'amour. Qu'il existe ou pas, il te donne tellement de force.

Alors, prie, Maman, cela ne peut pas faire de mal, et curieusement, même si tu pries pour que je vive, cela me donnera du courage pour avancer vers ma mort.

Je suis en paix.

Merci infiniment pour tout ce que tu as fait pour moi,

Ton fils qui t'aime,

Sébastien

P.-S. – Tu seras probablement appelée vers fin mars pour récupérer mes cendres. Je ne vois pas trop l'intérêt que tu les conserves, mais c'était une option et j'ai pensé que tu préférerais. Merci encore pour tout. Je suis en paix.

Le 25 février 2036

Cher Benoît,

Je t'écris pour te dire que je me suis isolé pour mourir.

Je te vois d'ici lever les yeux au ciel en te demandant quelle est cette nouvelle lubie de ma part.

Non, c'est vrai : je vais mourir.

Tu n'as à t'occuper de rien : tout est planifié, ne t'inquiète pas.

Ce sera le 14 mars prochain. J'ai prévenu Maman, et comme j'avais déjà coupé les ponts depuis presque deux ans, j'espère que cela ne sera pas trop douloureux pour elle. Ne te sens pas obligé de revenir sur Paris pour cela, mais peut-être pourras-tu échanger un peu plus avec elle sur cette période pour t'assurer qu'elle va bien. Je sais bien que vous ne vous êtes jamais très bien entendus, qu'elle ne pouvait pas remplacer ta mère, mais bon, elle a fait ce qu'elle a pu...

Je n'ai pas grand-chose à ajouter, mais je tenais à t'en informer directement. Même si nous n'avons jamais été très proches, je ne me voyais pas partir sans rien te dire, comme si j'étais en colère contre toi.

Il n'en est rien.

Je suis calme, apaisé. Je pense que tout est en ordre et que j'ai pris la bonne décision (pour une fois). Peut-être penses-tu que, une fois de plus, j'ai l'impression d'avoir pris la bonne décision et que cela est faux. Mais bon, peu importe, maintenant, ce que tu penses ! Je ne veux pas te vexer, mais en fait, cela ne changera plus rien. C'est juste cela.

Je voulais donc te prévenir, te demander de faire attention à Maman, et te dire que, même s'il m'est arrivé de regretter que nous ne soyons pas plus proches, je ne t'en veux de rien.

Il y a des frères qui ne se comprennent pas, et nous sommes de ceux-là.

Pour le coup, demi-frère est une expression qui prend tout son sens.

J'espère que ta fin de vie, ta vie, tout ce qu'il te reste à vivre, sera heureuse.

Sébastien

Le 28 février 2036

Bonjour Armand,

Je ne savais pas si je t'écrirais à nouveau, mais j'en ressens le besoin. Et donc, me revoici...

J'espère que tu me pardonneras le fait que tu ne puisses pas répondre, mais je souhaite vraiment rester seul avec moi-même pour mes derniers jours ; et puis, il se trouve que c'est conforme aux préconisations.

Je voulais partager avec toi le fait que je suis totalement apaisé et calme ; le temps me parait infini, à le vivre ainsi, intensément, au présent.

En allant à la rencontre de ma mort, c'est curieux, je me sens plus grand, j'ai l'impression que je me redresse. Je me sens moins vide, aussi, rempli de paix et de mort.

Cette méthode de cloisonnement est vraiment extraordinaire.

Ce matin, le soleil brille dehors, on entend quelques oiseaux, comme si le printemps était en avance, quelques bruits de la vie au loin, des rires d'enfants qui jouent, quelqu'un qui tape sur quelque chose, un bricoleur qui s'affaire.

Le monde est là, il vit, il vibre et il vibrera sans moi comme il vibrait avant. Futilité de la grande machine ; inutilité de toutes ces vies semblables, parallèles, toutes vides de sens ; toutes ces vies successives, à toutes époques, qui se passent le relais.

Et quel relais ! Un relais d'estropiés, oui ! D'estropiés et d'aveugles, qui ne savent même pas où est la piste et dans quel sens courir.

Je me dis qu'un homme honnête, au seuil de sa mort, ne peut que se dire : « Je n'ai rien compris ; mais j'ai fait des bébés, ils ont grandi, peut-être comprendront-ils quelque chose... Je leur ai appris le peu que je savais. » Mais progresse-t-on vraiment ? Plus personne ne lit. Au lieu de bâtir, génération après génération, j'ai l'impression qu'on déconstruit : on avance à reculons. Pas la science : elle progresse, elle qui construit ses découvertes et ses technologies sur les précédentes. Mais pour la conscience, la machine s'est inversée, non ? On brûle les livres. En fait, même pas besoin de les brûler : c'est plus simple, on les a juste déclarés inutiles, dépassés, à oublier, et on les a mis au rebut. Des milliers d'années d'humanité qui se passaient le relais pour dire : « Moi, voilà où j'en suis arrivé ; je te dis tout, mes mensonges, mes amours, mes plaies, mes douleurs, mes sentiments, vois ce que tu peux faire avec. Bon vent, l'ami, je m'en vais, bon courage pour avancer et pour comprendre. »

Mais tu vois, Armand, notre société a décidé de s'affranchir du passé, de nos prédécesseurs, de nos aînés : la littérature est *has been*. À peine bonne pour les riches et les bourgeois. Quelle trahison que de retirer les livres en les insultant, en les méprisant, en les excluant de la vie de tous ! La littérature pour les nantis, ceux qui ont le temps, ceux qui ont le luxe de ne pas être dans la survie. Quelle ignominie que d'enfermer l'humain dans ce schéma de survie biologique, de l'enfermer dans la peur. Comme si la vie biologique, les jours pour les jours, avait un sens… Comme si l'amour et la beauté étaient un luxe, et notre vie animale, essentielle. Quelle trahison du peuple et trahison de tous, une perversion absolue, car c'est bien l'inverse : l'amour et la beauté sont l'essentiel, et la vie biologique est accessoire ! Il ne sert à rien de s'accrocher aux jours, à la santé, à nos globules, à nos précieux organes si nous perdons l'essentiel. Nos corps sont au service, non pas de la vie, mais de nos têtes et de nos cœurs.

Regarde, d'ailleurs, Armand, comme la notion de sacrifice est opposée au développement personnel de soi, pour soi, avec soi. Le sacrifice paraît juste une folie synonyme de torture ou de douleur, alors que c'est l'inverse : il est sublime, le sacrifice ! Sublimation du moi. Oubli du corps au nom d'un idéal supérieur. Renonciation à la vie biologique, à la peur, à la survie, à la prison des pulsions, à l'esclavagisme du plaisir et des sensations !

Armand, je voudrais tant que tu comprennes les raisons de mon IV2PA : moi, je renonce à tout cela. C'est fini, cette bêtise, cette absurdité, ce relais débile et humiliant.

Mon IV2, c'est cela : je ne fuis aucune maladie, aucun déplaisir, mais j'affronte la mort en face, comme un devoir de liberté.

Tôt ou tard, j'allais mourir, oui, mais j'ai choisi : je choisis la mort à votre vie inutile, laide, vide, à votre monde de merde, quoi !

Je dis « votre monde » car c'est le tien aussi. Ne le prends pas mal, Armand : tu es à part, mais bon, nul besoin de nier non plus que tu es de ce monde. Alors, moi, je m'offre en sacrifice pour l'amour, la beauté et la liberté. Moi, je m'adresse à eux et je crache aux visages de tous ces hommes, et je leur dis : votre vie est une survie inutile. Je passe devant et je vous laisse derrière : perpétuez-vous, copulez si vous voulez, reproduisez-vous, ignares de générations en générations ; redevenez des hommes préhistoriques dans un monde électronique ; mugissez vos borborygmes, vos râles sexuels au fond de vos mondes virtuels en 3D et éjaculations sous latex hygiénisé ; soyez vides de tout dans vos réseaux électroniques.
Hommes préhistoriques bardés de technologies post-historiques.
Moi, je vous laisse là. Je descends du train car vous vous fourvoyez et rien ne peut arrêter la machine. Je ne cautionne pas cela. Je n'accepte pas cela. Je refuse d'y participer.

Armand, je sais que tu ne partages pas ces idées, que tu ne comprends pas mon dégoût, mais j'aimerais tant que tu respectes ma décision et que tu reconnaisses, au moins un peu, l'absurdité de la vie.

Ma mère, elle croit en Dieu, alors c'est différent : pour elle, tout a un sens ; même la douleur, même la souffrance, elle la justifie, elle l'oriente. Mais toi comme moi, on est de ces millions d'hommes qui sont sur terre sans comprendre pourquoi, sans autre but que de rechercher le bonheur et maximiser le plaisir. Mais ça ne rime à rien.

Encore, s'il y avait une humanité, un sens commun, on pourrait essayer de s'accrocher à cela en se disant qu'on est paumé, mais que nos enfants comprendront peut-être ce qu'on fout là, et pourquoi il nous faut supporter toutes ces douleurs, tous ces arrachements, toutes ces maladies, ces tumeurs, ces bourrelets de trop de vie, ces artères bouchées et ces colons encombrés. Tout cela, il faudrait le supporter au nom de quoi ?

Alors, Armand, je te laisse. Je ne t'en veux pas de supporter l'absurde ; cela fait partie de ton caractère, de tes forces, de pouvoir voir les choses positivement, en essayant de faire de ton mieux ; alors qu'on se fout de faire mieux ou moins bien, du bien autour de soi, ou du mal, car rien n'a de sens.

Je ne t'en veux pas, mais je serais triste si tu ne respectais pas mon choix.

Il n'est pas plus absurde que le tien.

Pour toi, la vie va bien : tu n'es pas obèse comme je le suis devenu, tu n'es pas seul comme je le suis depuis toujours, tu as un job intéressant ; bref, aucune raison de mourir. Mais moi, c'est l'inverse : aucune raison de vivre. Alors ne me jette pas la pierre, je t'en prie, je connais tes réponses : « Oui, arrête de ne regarder que ce qui ne va pas, observe aussi ce qui va bien. Et puis, quoi ? ta santé, ton boulot... tout peut s'arranger. » Oui, certes. Ou empirer...

Tu verras ce que tu penseras d'une IV2 quand tu auras cinquante ans. Peut-être qu'Hélène t'aura quitté, peut-être qu'un de tes enfants sera mort et tu commenceras à devoir faire attention à tout pour rester mince : attention à ce que tu manges, attention aux gestes que tu fais, attention aux sports que tu pratiques, un peu mais pas trop. Et si la chance te poursuit, qu'Hélène est encore là et tes enfants aussi (c'est tout ce que je te souhaite), eh bien, tu auras soixante-dix ans. Plus de boulot. Et alors, tu comprendras qu'on va tous aller à l'IV2PA ; tu iras pour t'éviter la décrépitude et les douleurs de la mort lente. Tu iras aussi, toi qui me juges probablement fou de mourir si jeune, de provoquer cette IV2PA. Mais je prends juste un raccourci, Armand, comprends au moins cela : tu termineras dans un petit pot de cendres et tout ce que tu auras construit sera poussière, inutile, vain ; tout n'est qu'un passe-temps.

Tu passes le temps, et agréablement, mais ne juge pas ceux qui souffrent, ceux pour qui chaque jour est une douleur et une humiliation, et qui refusent le diktat de leur sang et disent à leur corps : « Je ne suis pas ton esclave, je suis libre : regarde, je te débranche, je *nous* débranche ! »

Voilà. Je ne pense pas que j'arriverai à te convaincre, mais tu auras au moins eu des explications plus complètes sur ma décision.

J'espère que tu la comprendras.

Sébastien

Le 29 février 2036

Bizarre, ce jour qui n'existe pas, dans une vie qui n'existe déjà plus.

En général, je me fous des années bissextiles, mais cette année je vois mieux ce qu'est ce 29 février : c'est juste un jour qui n'existe pas et qui a été inventé pour rattraper un décalage avec le soleil. Juste un artifice, une parenthèse, mais qui a en quelque sorte repoussé ma mort d'un jour. Sans cela, le délai m'aurait conduit au 15 mars : cela n'a rien raccourci, mais je mourrai tout de même le 14 au lieu du 15. Je me comprends.

Ne t'inquiète pas, Armand, je ne vais pas te parler de ça plus longuement. Je t'écris juste car je reste inquiet suite à mon courrier d'hier.

Je t'écris un peu parce que les jours sont trop longs, et surtout pour essayer de percevoir ce que tu penses. J'espère que tu as accepté ma décision.

Sébastien

Le 1e mars 2036

Armand,

Le temps est infini !

C'est curieux comme formule, puisqu'il a justement une fin : elle est dans treize jours. Mais en attendant, c'est l'impression que j'ai : il s'est comme ralenti, presque arrêté.
Aucune lecture n'a d'intérêt... à quoi bon ?
Les journaux, les infos et la vie du monde ? Je n'en suis plus.
Des romans, des séries, aventures ou amours, espionnage... aucun sens.
Je ne veux plus regarder Internet, et surtout pas avoir la tentation de regarder ma boîte mail.
Je n'ai rien à faire.
Rien.
Quand je dis rien, c'est strictement rien.
Vide total.

Ma mort n'est que dans deux semaines, mais le néant est déjà partout. La mort est déjà là ; physiquement, je la sens. Certains diraient qu'elle rôde, mais non, elle ne rôde pas : comme elle a déjà gagné, elle fait plutôt ses préparatifs, elle touche à tout, enveloppe d'un voile gris tous mes souvenirs, un par un, comme des bibelots que l'on veut protéger de la poussière avant un grand voyage.

Je ne voulais plus avoir à sortir, alors j'avais fait des menus et des courses pour tenir toute la durée d'isolement. Si tu voyais cela, le studio que je loue regorge de bouffe : des packs d'eau et de lait, des boîtes de conserve qui débordent des placards, j'en ai mis sous les fenêtres et le long de mon lit. Quel gâchis, quand on pense que toute cette nourriture n'a d'autre utilité que de me maintenir en vie jusqu'à ma mort.

Je crains que ces deux semaines ne soient atrocement longues.

Je ne voulais pas, d'ailleurs, ce sont eux qui ne m'ont pas laissé le choix. Cette bande de pourris qui font du fric avec la mort.

Je ne sais pas pourquoi je dis cela alors qu'ils ont été parfaits, rien à leur reprocher hormis ce délai. C'était pire avec les autres compagnies : certaines m'ont annoncé trois mois d'attente. Et puis quoi encore ? Alors que, eux, ils avaient un créneau dans trois semaines, alors j'ai pris. Ils sont débordés par la demande, disent-ils. Le commercial m'a dit que j'avais de la chance. Il a souri, gêné ; c'est sûr que c'est con de commencer à avoir de la chance le jour où tu t'en fous...

Bon, moi, j'aurais préféré que cela soit réglé en dix jours, mais ils ont l'obligation du délai de dédit de quinze jours. Je ne pense pas que tu le saches, mais en réalité on peut se dédire jusqu'au dernier moment, c'est plutôt une durée légale incompressible entre la signature de la convention IV2PA et son exécution.

Encore heureux que l'on puisse se dédire jusqu'au dernier jour, d'ailleurs.

Mais eux, cela les saoule, et dans les trois derniers jours, on doit quand même payer 100 %. Il paraît que c'est comme ça qu'ils font leur marge... ceux qui se dédisent au dernier moment ont eu un regain de vie, et ils s'en foutent de débourser 30 000 écus pour rien...

Pour rien, mais pour poursuivre leur vie, quoi...

Armand, tu serais scotché si tu voyais ces contrats : de vraies usines à gaz. Ma Convention pour Interruption Volontaire de Vie, Planifiée et Assistée fait exactement 74 pages ! Signature et paraphe de toutes les pages en quatre exemplaires, le plus gros contrat que j'aie jamais signé.

Ce n'est pas donné, 30 000 écus ; mais, de toute façon, pour ceux qui n'ont pas les moyens, il reste la méthode traditionnelle du suicide. Même s'il est sûr que ce n'est pas la même chose et qu'ils doivent souffrir.

Je ne sais pas si tu t'en souviens : étudiants, à l'époque du vote de cette loi, on s'en foutait complètement. Ils disaient qu'il fallait arrêter que seuls les riches aient accès à l'IV2 à l'étranger, alors que les pauvres devaient faire ça salement, chez eux ou dans la rue, via des moyens atroces. Se couper les veines, se défenestrer... Il y avait eu un cas qui avait défrayé la chronique – Lucas Florentin, un nom un peu comme ça. Sa mort avait fait la une : le gars s'était suicidé sur la ligne A du RER, en heure de pointe et en pleins Jeux Olympiques ! Deux heures de blocage pour ramasser tous les morceaux, à quoi s'est ajouté le fait que sa femme avait pété un plomb et arrêté des métros sur différentes lignes en tirant les sonnettes d'alarme, appelant à se venger contre les conducteurs de métro, et hurlant qu'elle voulait qu'on retrouve la tête de son mari. La RATP l'avait attaquée en justice pour non assistance à personne en danger (comme si elle était responsable du suicide de son mari), incitation à la haine et pertes d'exploitation. Elle s'était faite engueuler par le ministre, et avait finalement retiré sa plainte ; mais ses dirigeants voulaient vraiment mettre fin aux vagues de suicides dans le métro parisien. Ça leur fout un bazar ! Ce pauvre gars ne devait pas imaginer qu'il deviendrait célèbre, en plein débat sur l'Interruption Volontaire de Vie.

Finalement, il n'y a que les grands malades, les personnes âgées et les très pauvres qui ont droit à la gratuité. Pour les autres, cela oscille entre 25 000 et 50 000 écus, en fonction des options.

J'ai aussi posé la question à mon conseiller IV2PA de ce que cela leur coûte réellement si quelqu'un se dédit dans les trois derniers jours. Le gars était briefé en bon commercial : « Vous n'imaginez pas, Monsieur, les frais engagés : blocage d'un lit pendant 24 heures avec infirmière attitrée (même si pas dédiée), le ou les témoins d'État à payer quand même, l'ensemble des formalités d'annulation, le dédommagement de votre remplaçant professionnel, le créneau de crémation qui est perdu ; bref, ne me faites pas ce coup-là, s'il vous plaît. » Limite, ils perdraient de l'argent, semblait-il dire. C'est un gros bobard, évidemment. Mais bon, lui, il raconte ce qu'on lui dit de raconter ; il fait juste son job en y mettant du cœur. Et puis, il touche sûrement une prime variable au nombre de contrats qu'il signe ; peut-être que les renonciations lui sont décomptées...

Bref, je n'ai aucune idée du coût que cela représente, mais c'est un package bien foutu : en plus de tout le processus médical, des visites préalables et d'accompagnement, ils s'occupent de l'évacuation de l'ensemble de tes biens, de ton remplacement professionnel, de la vente de ton appartement, et de tout le nettoyage numérique (mails, profils, etc.), histoire que tu ne restes pas un fantôme errant sur Internet pendant des années avec un sourire radieux... Objectivement, ils sont très pros.

Je pourrais même dire « écœurants d'efficacité », mais franchement, à choisir, tu n'as pas non plus envie d'amateurisme pour gérer ta mort.

Comme je n'ai payé que pour un seul Témoin d'État, j'aurais pu avoir un Témoin Personnel. J'ai hésité à te demander, mais j'ai pensé qu'il valait mieux que non. Ne sois pas vexé : en fait, je n'ai pris personne. Je ne crois pas que tu aurais tenté un truc de dingo, car j'espère que tu acceptes ma décision, et je sais que tu aurais assisté calmement à mon IV2, mais je ne voulais pas t'associer à cela. Je ne voulais pas risquer de violer ta conscience, violer ta volonté. Je sais que, par amitié, tu aurais pu être physiquement là – mais peut-être le cœur ailleurs et l'esprit fermé, car intérieurement opposé.

Bref, ne sachant pas comment tu prendrais cela, je ne voulais pas risquer de violer ton amitié.

Je ne sais pas si tu vois ce que c'est, un Témoin d'État, mais voilà un sale boulot ; ils s'assurent que l'IV2PA a été réalisée « dans le strict respect de la volonté du client et des règles déontologiques » comme le disent les brochures. Le gars est présent le jour J pour constater à nouveau la volonté du client, contrôler le protocole d'injection, constater le décès et finalement accompagner le corps entre la chambre d'hôpital et le crématorium au sous-sol. Il est le garant et c'est très contrôlé. J'ai rencontré le mien qui est une véritable armoire à glace, style veilleur de boîte de nuit ; il paraît que c'est toujours le cas, à cause des bastons et tentatives d'enlèvement quand la famille ou les proches ne veulent pas de l'IV2.

Je sais que je t'en demande beaucoup, mais pourras-tu garder un œil sur Maman ? Elle est sûrement opposée à ce genre de technique moderne et je ne voulais pas qu'elle puisse penser que tu as été associé à ma décision, ou pire, que tu m'y as poussé. Ou même simplement que tu ne m'en as pas empêché. Bref, j'ai préféré te laisser loin de tout ça ; mais je t'aurais choisi si j'avais eu un Témoin Personnel, sois-en sûr.

Comme tu le vois, je me suis bien renseigné. Si cela t'intéresse un jour, tu peux lire l'article de l'économiste américain John Elton qui a fait toutes les simulations de valorisation de l'individu par calcul de « *free cash flow* actualisé ». Il démontre que l'État gagne de l'argent grâce aux IV2PA effectuées à partir de 52 ans : au-delà de cet âge, l'individu coûte plus à l'État en soins, retraites, etc., alors qu'il n'a quasiment plus de valeur ajoutée ; il devient un « coûteux »... Par conséquent, pour les IV2PA de personnes de plus de 52 ans, si l'État voulait être juste, il devrait verser une somme aux veuves et aux enfants pour tout ce que ça lui fait économiser. Ils ont calculé : jusqu'à 800 000 écus pour un chômeur de 55 ans atteint d'un cancer ! Le plus drôle, c'est que ce sont les cancers dont on guérit qui coûtent le plus cher : c'est super cher à guérir, et le gars ne meurt pas. Il faudra donc continuer à lui verser chômage, retraite, etc., pendant des années, jusqu'à ce qu'il ait enfin une maladie incurable. Alors, l'État a carrément intérêt à motiver à mourir ceux qui ont une maladie dont on peut guérir ! Tu ne partages pas forcément mon humour noir, mais je préfère en rire qu'en pleurer.

Bon, finalement, l'idée de rémunérer les familles pour les IV2PA des individus « coûteux » – en faisant 50/50 par exemple – serait une trop forte incitation pour les familles qui ont besoin de fric. Alors cette idée est restée lettre morte, et on en est juste resté à la gratuité pour les malades, les vieux et les pauvres. Les autres, ils paient... et l'État se frotte les mains quand c'est un « coûteux » qui a envie de mourir. Double jackpot.

Bon, tu t'en fous peut-être, de tout ça, mais je me disais que cela t'intéresserait peut-être aussi.

Dernier truc : avec la convention IV2PA, ils te filent de la lecture : un petit book de 18 pages qui t'explique en long, en large et en travers pourquoi le modèle d'Interruption Volontaire de Vie est génial : 100 % sûr, propre, sans douleur, on a le temps de se préparer, et c'est finalement le plus *humain* pour les proches. Cela ressemble à de la propagande, tu diras ; d'un autre côté, quand tu as signé, t'es déjà convaincu.

Comme tu vois, j'essaie de passer le temps comme je peux ; cette lettre est longue, et je ne t'ai pas dit grand-chose d'intéressant, sauf que tu restes mon meilleur ami, même si nos chemins se séparent.

Sois heureux,

Sébastien

Le 02 mars 2036

J-12, le temps est définitivement infini.

C'est curieux, Armand : plus les jours passent et plus je ressens ton silence comme une désapprobation.

Je sais que c'est absurde, puisque tu ne peux pas me répondre et que c'est moi qui ait organisé cela.

Mais je ne peux pas m'empêcher de revenir à cette idée.

...

En fait, je te connais, et comme tu réussis tout dans la vie, eh bien... tu as assez confiance en toi – tant mieux pour toi. Tu penses que tu as fait les bons choix, et que les autres feraient mieux de faire comme toi s'ils veulent être heureux et *successful*. C'est vrai, non ? Allez, reconnais que c'est vrai. Je ne te dis pas que tu as tort, mais on ne peut pas tous être des Armand. Pour qu'il y ait des *winners*, il faut des *losers*, sinon ça ne marche pas.

Je sais que tu es resté humble, je ne t'ai jamais vu être condescendant. Je sais que tu es plutôt un mec bien, mais je sais aussi que ceux qui font différemment de toi, tu penses qu'ils font mal et qu'ils feraient mieux de t'imiter. D'ailleurs, tout le monde fait ça. Tout le monde voudrait que les autres fassent un peu comme eux, sans se rendre compte que ce serait invivable si c'était le cas.

Bon, bref, je suis de plus en plus convaincu que tu désapprouves ma décision, et je comprends pourquoi : tu restes à ta place au lieu de te mettre à la mienne. Tu fais juste semblant. Tu te dis : « Oui, oui, je suis Sébastien, je me mets à sa place... oui, je comprends que Seb' a des raisons de vouloir mourir... sauf qu'il ne prend pas la bonne décision, il devrait plutôt faire ceci ou cela... finalement, faire plus comme moi. » Tu fais ce que tu peux pour te mettre à ma place, mais si tu ne me comprends pas, c'est que tu échoues. C'est sûrement impossible.

Encore merci pour toute ton amitié qui m'a porté jusque-là.

Sébastien

Le 04 mars 2036

Faut que je te dise que j'ai vu le psy aujourd'hui. Visite obligatoire à J-10.

Il m'a dit que je n'étais pas aussi serein qu'à J-30, un peu agité, et qu'il fallait peut-être que je double le Somaxyl pour m'aider à rester dans la paix les derniers jours. J'ai tout de suite mis le holà. Déjà que je ne voulais pas en prendre du tout au début, je lui ai dit que je restais sur la dose minimum.

Comme il était un peu inquiet, il m'a proposé d'accélérer, de voir si nous pouvions avancer l'échéance de 4 ou 5 jours.

Quel enfoiré !

J'ai failli sortir de mes gonds : c'est ma mort, putain, la date est calée ! Il s'en bat les couilles, ce con, il m'en parle comme d'un rendez-vous de dentiste. Il n'a rien compris à la psychologie ; je ne sais pas où il a volé son diplôme, lui !

D'ailleurs, si les psy étaient si utiles, efficaces ou compétents, il y a belle lurette qu'il n'y aurait plus que des IV2 gratuites : les gens pour qui c'est un peu plus *normal* de vouloir mourir. Mais non, suffit de regarder les chiffres : il n'y a jamais eu autant de psy, et jamais autant de personnes qui ont envie de mourir ! Ce n'est pas une preuve de leur nullité, ça ?

Armand, je ne t'avais pas raconté la visite chez le médecin spécialiste IV2 non plus : routine pour prise de sang, qu'il cale les doses exactes et s'assure que je ne souffrirai de rien. Spécialiste de l'anesthésie profonde, qu'il s'appelle. Je revois la gueule de ce connard, son sourire mièvre et doux, sa voix posée, exagérément fluette et calme, comme s'il s'adressait à un demeuré. J'aurais dû lui balancer son serment d'Hippocrate en pleine gueule : et toi, 8 ans d'études pour aider les gens à mourir ? Ta blouse blanche et tout ça ? Huit ans d'études pour que tes « patients » ne souffrent pas, mais c'est quand même toi qui va m'injecter ! T'inquiète, pépère : j'ai signé tous les papiers, aucun recours possible de ma famille. Mais c'est aussi à cause de mecs comme toi que je veux mourir : des hypocrites de première classe, des minables, rongés par l'indifférence et la peur. Et toutes ces constructions intellectuelles, « la liberté de chacun à disposer de son corps », « l'auto-détermination », etc., me donnent envie de dégueuler : elles ne sont là que pour te protéger d'une crise de larmes sans fin où tu demanderais le pardon de tes frères ! Ah, oui, c'est mon corps ! Ah, ça, oui, et j'en dispose comme je veux ! Mais tu les verras, tous tes morts, ils te reviendront ; tu les verras dans tes cauchemars, ils te diront que tu avais le choix de faire un autre boulot, mais que l'appât du gain, ton orgueil et ton cerveau malade t'ont fait oublier ton cœur. Si tu me demandes pourquoi je veux mourir, je te dirai que c'est à cause de toi, salopard. Aucune insulte ne peut refléter le dégoût que j'ai pour toi, toujours prêt à faire du mal et à te disculper par des raisonnements tordus.

Quels enfoirés !

Je ne veux pas vous ressembler ; je ne veux pas vous ressembler en vivant vos vies : inutiles, résignées, prostituées à la santé et au bien-être. En étant accrochés à la vie comme une sangsue, sans espoir, avec de pauvres amours et des relations sexuelles à vomir avec des femmes trop grasses, qui puent la sueur et les sécrétions, qui se rasent et s'épilent comme elles peuvent, pour ne pas montrer ce qu'elles sont et se faire passer pour des statues de plastique. Ah, oui, tu préfères même ces femmes virtuelles, des *séries-jeuX* avec qui tu baises, elles sont plus belles que les réelles. Tellement plus belles que ton cerveau stupide et bestial se met à bander ! Mais elles n'existent pas ! Aucune ! Tu n'existes pas pour elles non plus. Tu n'es, toi aussi, qu'une image virtuelle dans leur jeu. Et tu l'oublies, le temps du plaisir. Comprends-tu que ta vie est si merdique qu'il te faut en permanence, te raconter des histoires, te faire croire à des rêves, et mentir à tous tes sens ?

Psy de la mort, médecin de la mort, vous êtes les pires car vous êtes comme les autres, mais vous ajoutez à l'ignominie en étant les suppôts, la gestapo ; vos services sont les camps de la mort. Oh, choquant ! Bien sûr que cela n'a rien à voir : ici, tout le monde est volontaire, personne ne porte de pyjama rayé ou d'étoile jaune. Oh oui, choquant, ici les gens sourient ; ils ne sont pas venus de force : je le sais, j'en suis. Et pourtant, ils avancent le regard vide comme des presque-morts ; ils sont résignés et arrivent par wagons entiers. Oh, oui, « *Tod macht frei* » ; bien sûr qu'ils viennent chercher la liberté, la libération de leurs corps, de leur vie de merde, de leurs douleurs. Et vous la leur donnez. Vous leur proposez juste ce qu'ils veulent. L'offre qui répond à la demande.

Et vous êtes même convaincus de faire du bien à l'humanité, de la libérer de ses éléments impurs, malades, improductifs ; vous êtes convaincus de faire le travail du jardinier qui taille un arbre pour une plus belle croissance du tout. Mais ces images flatteuses et ces constructions intellectuelles vous coupent de la réalité de ce que votre cœur pourrait ressentir : de ces flots de douleurs qui poussent vos semblables à préférer la mort à la vie, et surtout à la vie avec vous, monstres, fils de l'enfer.

Votre humanité réservée aux biens portants et aux intelligents, je vous la laisse...

...

Désolé, Armand...

Je me calme.

Je viens de fracasser un verre.

Pas mécontent.

Ça détend.

Je suis désolé ; j'étais parti pour te raconter ma visite chez le psy, et je me suis laissé... emporter, comme on dit.

Je vais voir si je t'envoie cette lettre ou pas... t'en as sûrement rien à foutre de toutes mes histoires.

Si je te l'envoie, tu verras au moins que ce n'est pas si simple pour moi, et tu verras aussi que je suis bien malade...

Allez, je te salue,

Le taré

Vendredi 07/03

Armand,

J'ai très peu dormi cette nuit.

J'entame ma dernière semaine.

Je ne me défais pas de ma colère contre ces psy et médecins de merde, vendus au capitalisme pseudo-humaniste ; ils me foutent vraiment les boules.

Plus largement que ça, je ne me défais pas de ma haine de tous ces humains, ânes bâtés, qui vivent leur vie de petits chiens ; ils me foutent les boules aussi.

Et je n'arrête pas de me répéter que, au milieu d'eux, toi, t'étais différent. T'étais différent, mais quand même : en acceptant ta vie, tu es pareil et même complice. Et cette idée me fout carrément les boules, en fait.

Je vois bien que, si ma vie avait été autre, peut-être que je l'aimerais plus. Mais il y a du hasard dans tout cela.

J'aurais mérité mieux, c'est sûr. Pourquoi ai-je une vie rikiki quand d'autres ont des vies extra-larges ? Je ne vaux pas moins qu'eux, non ; et je ne vaux pas moins que toi non plus, Armand. Tu le sais. Des mecs comme moi, il y en a des millions, et ils se tolèrent. Il y a de l'injustice là-dedans, et ils la supportent.

Moi, je ne supporte pas cette injustice.

Moi, je me suicide (car, oui, c'est un suicide, ne crois pas que je l'oublie ; un suicide propre et sans douleurs, certes, mais un suicide ; ne pense pas que je sois con).

Cette injustice, je la refuse. Je ne vais pas vivre comme un esclave, dans la peur de devenir malade ou pauvre. Je ne veux pas vivre dans la peur.

Armand, tu supportes cette injustice, toi. Tu la vis très, très bien, même, parce que tu es du bon côté ; et non seulement tu es complice de cette injustice en la tolérant, mais tu te permets de juger ceux qui sont de l'autre côté, ceux qui n'ont pas de bol...

Mais, quoi ! tu as de la chance, toi... depuis le début. Tu ne démérites pas, oui, oui, tu t'investis dans ton travail, oui, oui, je peux en témoigner, mais même cela, tu l'as reçu très tôt : tes gènes et ton éducation... compare deux secondes nos pères : le mien alcoolique et le tien dans les journaux. Même ta capacité de travail et ta volonté, c'est comme ta belle gueule, tu les as reçues.

Alors tu juges les autres sur quoi ?

Que tu ne comprennes pas les raisons de mon IV2, c'est une chose, mais que tu me juges, c'est pire.

Il faut regarder les choses en face, mon coco : lorsque quelqu'un se suicide, c'est sa responsabilité, c'est son corps ; mais *quid* de la responsabilité des autres ?

Objectivement, Armand : si je me suicide, c'est ma responsabilité. Mais *quid* de la tienne ?

T'es mon meilleur pote, après tout !

Tu le sais. Hein, tu le sais. Même pas besoin de te l'écrire : tu connais ta responsabilité.

T'es mon meilleur pote !

C'est marrant, hein ?

Mais je ne m'inquiète même pas pour toi : tu vas en être torturé, tu vas te réveiller la nuit en faisant des cauchemars. Tu auras raison. Tu iras voir des psys, un premier, un second, jusqu'à trouver celui qui te conviendra pour oublier.

Tu sais à quel point je déteste cette capacité humaine à l'oubli, cette résilience, bête mécanisme pour aider à supporter nos douleurs.

Et quoi, ça te fait chier que j'écrive ça ?

Mais non, tu le savais déjà.

Tu savais tout cela.

Samedi 08/03

J-6

Rien ne tient sans Dieu.
IV2 généralisée, c'est ce vers quoi le monde va.

Seuls ceux qui ont une espérance peuvent supporter le monde.
Seuls ceux qui ont le pardon, cet acte volontaire, plutôt que l'oubli, peuvent réellement assumer la douleur de vivre.
Seuls ceux qui ont fait don de soi ne peuvent plus se perdre, car ils ne s'appartiennent plus ; ils se sont donnés en sacrifice.

Je n'ai jamais réussi à croire en Dieu.

Trop occupé par mes cinq sens : ce que je vois, entends, sens, touche, goûte. Jamais pu y trouver Dieu.

Dieu ou la mort, il n'y a que ces deux chemins possibles.

Tous ceux qui ne choisissent pas Dieu et ne choisissent pas la mort sont des pauvres êtres qui errent sur la terre, comme des spectres sans-cœur, en se racontant des histoires pour faire passer le temps, des aveugles imbéciles ou orgueilleux, ou les deux.

Il faut choisir Dieu ou la mort.

J'ai choisi la mort.

Lundi 10/03

Plus que trois jours pleins : mardi, mercredi et jeudi. Quatre nuits.

Puis il y aura mon vendredi.

Je ne t'ai pas écrit depuis plusieurs jours car nous ne sommes déjà plus amis, mais je voudrais te dire quelque chose de curieux : j'ai peur qu'ils viennent jeudi.

J'ai repensé à cette cousine lointaine qui avait demandé à mourir par IV2. Le jour était fixé ; et on avait appris que finalement, son injection avait eu lieu la veille. On nous avait dit : « Elle a demandé à mourir plus tôt. »

J'avais complètement oublié cette histoire de cousine, mais quand hier ma voisine de palier a sonné, j'ai sursauté, un truc de dingue. Je suis allé voir qui c'était, noué mon peignoir et je lui ai ouvert. On a discuté sur le pas de la porte, elle voulait me demander de ne plus me promener nu parce qu'elle me voit parfois depuis la rue. Je lui ai juste dit que c'était bientôt fini, et que je mourrais vendredi. Elle a semblé un peu soulagée. Puis, comme un voile est passé devant ses yeux, elle m'a dit qu'une de ses amies avait fait une IV-2PA, et qu'elle y pensait encore parce qu'elle devait aller la voir la veille, mais que c'était trop tard, car elle avait avancé d'une journée. Et puis, elle s'est excusée. Moi aussi. C'est con, mais après avoir refermé la porte, je suis quand même allé mettre un caleçon.

Je t'écris parce que j'ai du mal à croire au hasard, et j'ai peur qu'ils viennent jeudi. Je pense que tu t'en tapes complètement, mais en l'écrivant, ça me rassure.

Faut que je te dise que, comme cette idée m'a trotté dans la tête, je suis allé voir ma convention d'IV2PA et il n'est jamais écrit que je peux demander à avancer la date d'une journée, sauf sur avis médical. En revanche, eux, ils peuvent : il y a une clause page 66 qui dit qu'ils sont en mode *best effort* pour le jour J. Je me souviens que le commercial me l'avait lue, il y a même une petite marque en face, mais il m'avait dit de ne pas m'inquiéter, que c'était très rare : ils évitent au maximum, question de *process* et de *lean logistic*.

C'est curieux, quand même, cette perfection de la planification, pour finalement foutre le bordel au dernier moment.

Pour ma cousine, on m'a dit : « Elle a demandé à mourir la veille. » Mais, Armand, est-on sûr qu'elle l'a demandé ? Ou bien lui a-t-on dit que cela arrangeait tout le monde, finalement ? Pas possible de dire non, tu vois ce que je veux dire ?

Mais moi, je ne veux pas avancer.

Je ne vais pas reculer non plus, mais j'espère qu'ils ne vont pas venir jeudi. Cela me ferait vraiment chier.

Ce n'est pas qu'une question de principe, mais c'est juste que c'est ma mort.

S'ils viennent jeudi, je ne pourrai pas résister. Je n'en ai plus la force.

Ils sont forts, ils seront plusieurs ; ils ont la loi et le contrat ; ils sont la logique ; ils sont magnifiques, en blouse blanche, lumineux comme des anges. Ils viendront me chercher, juste pour me dire de mourir... un jour plus tôt.

Je m'opposerais pour quoi ? Une journée inutile de plus ? Demain, je serai mort, à quoi sert aujourd'hui ? Alors, je dirai, oui, pas de problème.

Ils me voleront mon dernier jour.
Ils me violeront ma mort.
Ils me déroberont ma dernière volonté, ma dernière dignité, mon choix, ma liberté.
Ils me voleront mon humanité car je serai chose.
Je signerai tous les papiers. Je sourirai même. Je me connais, faible comme je suis, je sourirai et je dirai peut-être même merci.
Putain de merde, non !
Non, je ne dirai pas merci.
Pas cette fois.
Cette fois-ci, ils iront se faire foutre s'ils viennent plus tôt ; je ne dirai pas merci.

De : armanddelmay@gmail.com
À : sebastien-tito@outlook.com
Date : 02/03/2036 - 12h03
Objet : Test

J'ai reçu ta première lettre il y a une semaine. Tu m'expliquais que tu avais fermé ton compte, mais, dans celle que je viens de recevoir, tu dis que tu résistes à la tentation de consulter tes mails. Alors je teste juste si j'ai un « *non-delivery* » en retour.
Je ne sais pas si tu liras ce mail, mais il nous reste dix jours. Ta mère croit que tout est possible en dix jours.

Armand

De : armanddelmay@gmail.com
À : sebastien-tito@outlook.com
Date : 03/03/2036 - 02h40
Objet : Enculé de ta race

Sébastien,

Soit tu ne verras jamais ce mail, et tant pis,

Soit tu le verras et tu mourras,

Soit tu le verras et tu vivras,

Je ne risque rien.

...

Sébastien, sale con. Arrête de me parler de ton dégoût du monde et de tes douleurs : quelles douleurs laisses-tu derrière toi ? Tu y as pensé, à cela ? Tu t'es posé la question ?

Ta mort sera une bombe atomique de douleurs que tu laisseras derrière toi. Et quoi, tu t'en fous ?

Arrête aussi tes conneries sur ta liberté : tu as l'impression d'être libre en choisissant de mourir ? Mais c'est tout le contraire, tu es juste esclave de ton égoïsme, moi, moi, moi.

Et quelle liberté, quand tu t'es laissé manipuler ?

Il y a trop d'humains sur terre, ils nous le rabâchent depuis notre naissance. Et trop d'inutiles, d'improductifs… ne vois-tu pas la manipulation générale ?

Tu es une ombre qui pourrait revenir à la lumière, mais non… c'est plus simple : meurs, plutôt.

Moi, je m'en remettrai ; mais ta mère, tu sais qu'elle n'a que toi. Tu le sais, enculé de ta race ; et tu vas lui arracher le cœur. Pourquoi ne vas-tu plus la voir depuis deux ans ? Je pensais que cela passerait, je me suis gouré sur toute la ligne.

Suicidé… ah, oui, parce que passe-moi tes conneries d'IV-2PA et tout ton charabia, ces règlements et protocoles, c'est juste un suicide, un simple et con suicide.

Mais qu'est-ce que tu crois ? Tu ne t'appartiens pas !

Ton cœur est à ta mère ; il est à moi ; elle te porte dans son cœur, tu y habites.

Attends qu'elle meure, au moins. Attends dix ans. Attends quinze ans.

Et moi, oublie-moi pendant ces quinze années. Je t'oublierai, moi, car tu n'es plus rien de ce que tu as été.

C'est bien, ce suicide, finalement, on peut décharger sa haine, alors je te le dis : je te déteste, tu me dégoûtes, tu es un sombre crétin qui se gonfle d'orgueil en fuyant la vie.

Ils ont voulu avoir ta peau. Ils ne veulent plus que des gens beaux, intelligents, en bonne santé et productifs. Il ne leur était pas possible de dire : « Nous avons décidé de supprimer tous les moches, les vieux, les infirmes et les improductifs », alors la meilleure méthode, c'est de faire comprendre à ces cons, qui sont vraiment cons et souvent gentils d'ailleurs, qu'ils sont un poids et qu'il serait préférable, digne, et beau, même, de se retirer. Alors, les gentils cons comme toi, ils acceptent cela, ils se disent qu'ils doivent se suicider. Ils ont décidé de supprimer tous les faibles, et le meilleur moyen c'est que le faible soit volontaire pour mourir.

Ils ont les mains propres, hein ?

Tu ne comprends pas, Sébastien, qu'ils t'ont niqué ?

Ils t'ont niqué la tête ; ils ont pourri ton cerveau pour que tu leur obéisses et que tu souhaites mourir pour arrêter d'être inutile, pour arrêter d'être faible. Ils te font miroiter que tu seras utile en mourant, tu aideras la caisse des retraites, la caisse du chômage, tu aideras même la planète asphyxiée par trop d'humains. Tu seras enfin fort, et héroïque, même, d'accepter la mort. Quel courage, quelle bravoure !

Ils se foutent de ta gueule, putain !

Mais tu es un gentil faible, un gentil con, à qui l'on a distillé l'idée qu'il n'est rien et qu'il doit mourir et, cerise sur le gâteau, qu'on va mettre son nom dans le *listing* des « sacrifiés pour la survie de l'humanité ».

Ils t'ont niqué la tête avec ces idées de merde.

Si j'étais encore ton ami, je t'expliquerais que tu vaux plus que ces enculés en bonne santé, au QI supérieur et productifs.

Si j'étais encore ton ami, je t'expliquerais que tu es le chômeur le plus gentil et le plus drôle que je connaisse, l'obèse le plus subtil et le plus fin que je connaisse, le célibataire triste le plus touchant que je connaisse, le plus sensible à la douleur du monde ; qu'elle t'entoure et qu'elle te submerge.

Si j'étais encore ton ami, je t'ouvrirais les yeux sur leurs critères de merde, sur leur besoin de fric, sur leur peur de manquer d'air, d'eau et de quoi manger, sur ce qu'ils veulent se garder pour eux, sur leur soif de pouvoir qui transforme la terre en un immense carnage.

Et tu le dis toi-même : avec leur efficacité, nous perdons la beauté et nous perdons notre humanité. Notre humanité n'est pas dans la perfection : elle est dans notre imperfection surmontée, pardonnée, acceptée, offerte. Notre humanité est dans le « tous ensemble », nous avançons, et nous portons les plus fragiles. Notre humanité n'est pas dans un combat où l'on abandonne les blessés à leur mort, et pire encore : où nous achevons les blessés pour pouvoir aller plus vite. Leur humanité n'est que barbarie.

Ton dégoût de toi ne vient pas de toi ; il vient d'eux, de ces anges de la perfection.

Mais quelles vies sont parfaites ? Quelles vies se vivent dans le luxe, le sport, la santé, la beauté, les corps bronzés ? Aucune vie ne mérite d'être vécue.

Ils font semblant de croire qu'ils ne l'ont pas vu, mais ils le savent. Ils ont ce fort goût de l'échafaud au fond de la gorge ; ce sera leur tour de s'avancer vers leur machine, mais il faut en faire passer un maximum avant eux. Ne vois-tu pas cette haine de la fragilité, de la faiblesse, de la beauté ?

Ah, oui, car ils se proclament les champions de la beauté, et quelle beauté ! Ils t'en revendent, de la beauté, de la beauté parfaite, des corps parfaits, des formes parfaites ! Mais y a-t-il un seul paysage parfait ? Oh, non, tout est artificiel dans leur monde, tout est mécanique et architecturé.

Il n'y a pas de beauté, il n'y a plus de larmes ; il n'y a plus de littérature. Il n'y a plus que des poulets qui vivent en batterie et demandent à mourir au premier ganglion anormal détecté.

Détournons les yeux, détournons les yeux les uns des autres. C'est là qu'ils ont gagné : au moment où le confort et le plaisir ont gagné. Pour rester dans ma douce quiétude, je détourne les yeux ; quelqu'un va venir pour ramasser, nettoyer cette faiblesse.

Sébastien, tu le comprends : nous sommes d'accord. Je comprends ton dégoût de ce monde de merde ; je comprends ton dégoût, mais tu ne dois pas y succomber.

...

Mais nous ne sommes plus amis puisque tu es mort.

Je ne suis plus ton ami après ce que tu as fait à ta mère.

Je m'étais trompé sur toi.

Je pensais que tu avais compris que – qu'on le veuille ou non – on ne s'appartient pas.

On naît dans le ventre et le cœur de quelqu'un. On vit en se donnant aux autres, et tous ces autres ont des bouts de nous en eux ; et donc on est partout, dans les cœurs des autres, qui se réchauffent par l'amour qu'on leur donne. Dans les têtes des autres, qui se relèvent en pensant à nous.

Je croyais que tu avais compris qu'un suicide, c'est plus que la mort d'un individu : ce n'est pas seulement qu'il meurt, contre son gré ; non, c'est qu'il arrache en même temps, chez tous ses proches, des morceaux entiers.

Tu tailles dans le vif, à la machette, tout ce que tu avais donné et fait grandir dans le cœur des autres.

Le suicide est volontaire. Tu récupères avec violence tes morceaux en crachant à tous : « Rendez-moi mes morceaux ! Je ne vous aime pas assez pour vivre. Je ne pars pas contre mon gré, je pars volontairement, je vous fais du mal, je vous veux du mal ! Rendez-les moi tous ! »

Faire cela à ta mère...

Mais tu le sais au fond de toi, car c'est peut-être cela que tu fuis : sa mort.

Dans toutes les douleurs du monde que tu ressens, il y en a une que tu redoutes plus que toutes les autres. La terrible douleur de sa mort. C'est pour cela que tu ne peux pas attendre ; c'est pour cela que tu veux mourir avant. Tu le sais, mais ressens-le ! Tu fuis sa mort, tu fuis ce déchirement, cet arrachement que tu ne pourras supporter.

Faire cela à ta mère…

Enculé de ta race.

…

Alors, arrête ton charabia, pas de ça entre nous, et arrête de vouloir mon assentiment : non, je ne respecte pas ton choix. Je ne sais pas si tu verras ce mail, mais je te le dis : je ne le respecte pas car ce n'est pas ton choix.

C'est leur choix ; ils t'y ont amené, en douceur.

Je ne respecte pas leur choix ; je ne respecte pas ces enfoirés.

Ta lâcheté ne vient pas de toi, elle vient de plus loin ; elle t'a été enseignée.

Je ne m'étais pas assez intéressé à ce putain d'IV2 ; je pensais que c'était pour les grands malades et les profonds dépressifs, de rares cas désespérés, quoi. Mais, de glissement en glissement, je comprends… trop tard.

Je ne respecte pas qu'on t'insulte, qu'on t'abaisse, qu'on te fasse croire que tu n'as pas de valeur, qu'on te polarise sur tes douleurs, tes échecs et ton inutilité financière, en oubliant tes succès… et en niant ton utilité dans ma vie.

Je n’accepte pas cela.

Je ne l’accepterai pas.

Armand

De : armanddelmay@gmail.com
À : sebastien-tito@outlook.com
Date : 05/03/2036 - 21h46
Objet : Sans objet

Sébastien,

Je comprends de tes deux derniers courriers que tu n'as toujours pas regardé tes mails, et pas vu mon précédent message…
Je suis atterré par ce que tu racontes…

Si tu savais comme je suis d'accord avec toi : ton psy est un fou, ton médecin un boucher.
Mais ne te donne pas à eux.
Je te le répète, je comprends ton dégoût ; j'aurais dû réagir avant. Mais tu l'as dit : tout va bien pour moi ; j'ai détourné les yeux des soucis des autres. Ils nous cloisonnent, ils mutilent notre humanité en nous individualisant. Je n'ai rien vu venir. Je suis un sale con. Tu as raison. Tu as raison avant moi. Tu as raison plus que moi. Alors arrête de dire que je suis fort, fait pour la vie, *successful* ; je suis un con, et toi, tu as compris ce que je n'ai pas compris. Ma pseudo-force m'a aveuglé à la vérité. Tu as compris avant moi.
Dès que tu as coupé les ponts avec ta mère, j'aurais dû comprendre ce qui se passait, mais j'étais pris : ma carrière, mon mariage, ses préparatifs, le voyage de noces, le boulot, mon petit bonheur. J'ai pensé, comme un con, que tu faisais ta crise d'adolescence, mais que tu adorais trop ta mère pour que cela dure. Dans ma suffisance, je n'ai pas compris que c'était plus grave et que tu te retirais du monde.

Surtout, je n'ai pas compris que ta déprime était justifiée. Je pensais que c'était toi, tes hormones, tes idées, ton psychisme. Je n'ai pas compris que ta déprime était tellement justifiée que tout le monde devrait être déprimé ; que tout le monde devrait se révolter.

Encore une fois, j'étais aveugle. Je ne voyais pas que les problèmes de l'un ne sont pas seulement ses problèmes, mais les problèmes de tous.

Tu vois ton utilité ?

Tu m'as ouvert les yeux.

Tu vois ta lucidité ?

Admire ta lucidité.

Tu vois pourquoi tu as été mon ami ? Cette vérité, cette lucidité, cette utilité, ils ne les chiffrent pas ; elles ne rentrent dans aucune de leurs cases, mais c'est toi.

Arrête de dire que tu es inutile : ce que tu appelles ta faiblesse, ta sensibilité au monde, est un bien précieux. Ta pseudo-faiblesse vaut plus que toutes leurs forces.

Lis tes mails, Sébastien.

Par pitié, lis tes mails.

Lis tes mails et réponds-moi.

De : armanddelmay@gmail.com
À : sebastien-tito@outlook.com
Date : 08/03/2036 - 22h51
Objet : SALAUD

Tu ne regardes pas tes mails...

Il ne reste plus qu'une semaine.

Ta mère a fait des pieds et des mains auprès du ministère de la Santé (quelle affreuse farce), et j'ai contacté toutes les sociétés homologuées. Impossible d'obtenir la moindre information. Ils sont rôdés.

Je voulais te laisser mourir, mais j'ai reçu ta dernière lettre que tu as écrite hier, et j'ai besoin de te répondre.

Alors, oui, tu as raison ; si tu lisais tes putains de mails, tu verrais que je te désapprouve complètement, mais tu verrais aussi que tu m'as ouvert les yeux.

Alors comme ça, tu me détestes, maintenant ? Ta haine est arrivée après la mienne. Mais tu te trompes : tu me détestes parce que tu penses que je te juge, que je me crois supérieur, que tout me réussit. Je suis ton meilleur ami, et je serais responsable de ta mort ?

Je ne peux pas te laisser dire ça : je ne le crois pas une seconde, pas une seconde.

Tu es malade, c'est tout ; et au lieu qu'on t'entoure et qu'on te cajole, ils t'ont isolé avec leur protocole de merde.

On devrait te chérir, te caresser, te faire des plats que tu aimes, et dire des bêtises pour t'arracher un sourire, c'est ça qu'on devrait faire, putain !

...

Sébastien, je suis allé voir ta mère... si tu la voyais.

Ses yeux bleu clair, vides et lumineux.

Si tu la voyais, putain, elle a pris vingt ans, elle ne comprend rien de ce qui arrive. Elle ne comprend même pas que tu vas mourir pour de bon. Elle m'a demandé de t'aider. Elle m'a demandé où tu étais. Elle m'a demandé quand tu reviendrais.

Son Dieu ne lui sert à rien, là, car elle a dépassé l'espérance ; ou bien son Dieu la protège comme il peut en assoupissant son cerveau. Son Dieu lui caresse la tête ; elle la balance doucement de droite à gauche comme si une main lui passait dans les cheveux, comme tu le faisais.

Si tu la voyais, Sébastien...

Si tu la voyais, Sébastien, tu arrêterais tes conneries. Tu l'embrasserais ; tu serais un fils, un homme.

Elle n'a pas de mari. Elle t'avait toi. Elle n'avait que toi.

Elle secoue la tête en disant n'importe quoi ; elle bouge les mains et enlève les plis de sa jupe après s'être assise comme pour enlever des miettes de pain que tu aurais laissées là en mangeant sur ses genoux.

ELLE NE COMPREND RIEN, SEBASTIEN !

Tu comprends ce que ça veut dire ?
Tu comprends que tu es en train de l'assassiner ?
Tu comprends que tu n'es pas seul ?

...

Putain de société de merde.
Mais je n'en resterai pas là, Sébastien.
Lis tes mails, putain.
Lis tes mails.
Lis tes mails !

...

Je n'en peux plus de hurler et de pleurer. Je me suis mis en arrêt maladie, si ça t'intéresse. Pas *successful* du tout, ça.

Alors arrête aussi tes conneries de merde où tu me caricatures en mec qui fait tout bien. On fait ce qu'on peut, c'est tout. J'ai fait ce que j'ai pu pour toi, et je comprends que ce n'est pas assez.

Mais ne nous laisse pas.

Ne les laisse pas gagner.

Prends conscience qu'ils t'ont pourri la tête.

Ton IV2PA, je me suis trompé, encore une fois. Non, ce n'est pas un suicide comme je te l'ai dit : ton IV2, c'est ton assassinat.
Pur et simple.

Je t'en supplie, lis tes mails ; je t'en supplie.

Résiste-leur ; je te promets qu'on va changer cela, et tout le reste, tous leurs critères de merde.

J'ai trop tardé, je le sais. J'aurais dû résister avant. J'aurais dû me mêler de ces conneries. J'aurais dû refuser les boulots qu'on me proposait. J'aurais dû comprendre ton dégoût.

Je vais changer, Sébastien, crois-moi. Tous les deux, on va renverser la table ; on va hurler dans leurs catacombes d'hôpital ; on va se battre pour tous. Et je ne te promets pas qu'on va gagner ; mais je te promets que tu seras un homme, que tu seras fier de toi, que, là, tu iras à la mort avec fierté.

Ne crois pas que je te propose la vie contre la mort ; non, je ne te propose que la mort, mais une mort qui ait du sens. Car, pour nous battre contre eux, pour oser cela, ils nous mettront à mort.

Au début, ils diront juste que nous sommes fous ; mais si des gens nous suivent, et des gens nous suivront, et que les fous deviennent nombreux, ils feront une loi pour nous faire taire, nous museler.

Et on refusera de se laisser museler, et alors ils nous condamneront, nous emprisonneront, mais comme les prisons ne suffiront pas, ils nous tueront. Ils inventeront quelque chose, une IV2S-CD, par exemple. Voilà une belle idée : Interruption de Vie Semi-Volontaire pour Cause de Démence.

Sébastien, je ne te propose pas la vie, mais je te propose une mort qui ait du sens. Et je te propose une mort à deux plutôt qu'une mort seul.

Réponds-moi que tu es partant, Sébastien.

J'étais un grand enfant naïf et tu m'as ouvert les yeux ; je serai un homme avec toi.

Peut-être les deux derniers hommes debout, mais on le tentera.

Réponds-moi stp.

Lis tes mails.

Par pitié, lis tes mails.

De : armanddelmay@gmail.com
À : sebastien-tito@outlook.com
Date : 10/03/2036 - 23h36
Objet : AU SECOURS

Il ne reste que trois jours.
Lis tes mails, Sébastien, et réponds-moi.
S'il te plaît.

De : sebastien-tito@outlook.com
À : armanddelmay@gmail.com
Date : 12/03/2036 - 23h05
Objet : Re : AU SECOURS

Bonsoir Armand,

Je viens de lire tous tes mails. Je n'aurais pas dû.

Comme c'était mercredi soir, mon dernier mercredi, je ne sais pas pourquoi...

Je suis désolé.

Dans le protocole, ils le disent, qu'il faut fermer sa boîte mail. Je m'en foutais, je me croyais plus fort, mais je n'aurais pas dû ; j'aurais dû faire ce qu'ils disaient.

Je vais essayer de te répondre, mais tu sais, il ne me reste que demain.

Que te dire ?

Je comprends que mes lettres t'ont blessé un peu, et tu dis que tu vas changer de vie.

Je suis heureux de voir qu'on se rejoint : cette société est à vomir d'hypocrisie. La mort n'est visible nulle part, mais elle est partout.

Je pense que tu as raison quand tu me traites de lâche ; je ne veux pas *la* voir mourir.

Je veux m'endormir maintenant.

Je te remercie de ta proposition, mais je n'ai pas la force de me battre contre tous. Je n'ai déjà pas la force de vivre une vie normale, alors la vie du chômeur obèse qui se prend pour le sauveur de l'humanité, je n'en ai pas du tout la force. Et pas l'envie non plus, en fait. Ça pourrait être marrant, peut-être, de foutre le bordel, mais le marrant ne fait pas une raison de supporter tout le reste.

Je suis désolé, Armand, mais c'est surtout inutile. Il n'y a rien à améliorer, ni rien à sauver. Nous naissons et nous mourrons. Pour celui qui s'amuse entre les deux, tant mieux. Passe-temps inutile.

Toi, sans le dire, peut-être sans le savoir, tu me promets la mort, mais tu gardes espoir de changer les choses.
C'est inutile, et c'est voué à l'échec, car les rouages sont trop bien huilés. Même tes réactions sont anticipées. Ils auront toujours un coup d'avance. Tu sais pourquoi ? Tu l'as dit : parce que, toi et moi, nous sommes gentils. Tu feras des trucs de gentils, des affiches, des tracts, des manifs, des *sit-tings*. Tu te mettras à poil s'il le faut, mais bon, ils vous écraseront comme des milliers de rangers écrasent la beauté des pâquerettes.

Tu feras quoi ? Tu te trouveras quelques fous comme toi, on parlera de vous dans les journaux et puis on sait comment ça va se finir. Ça finira comme pour tous ceux qui ont tenté de s'opposer, tous les bouffons, tous les rêveurs : tu perdras ton boulot, et puis tu n'auras plus de quoi te loger ; tu seras hirsute et sale, et tu disparaîtras. Ton projet semble t'exalter, et je te crois sincère, prêt à cramer ta vie, et Hélène, et vos futurs enfants, dans l'espoir d'un monde plus humain, plus sensible, plus beau, mais... c'est débile.

Ne gâche pas ta vie pour rien, une illusion, un mirage.

Je suis désolé, Armand. Cette fin est merdique. Je suis épuisé d'attendre la mort et déjà à moitié mort, et toi, tu es remonté à bloc.

Fais attention à toi, profite de ta vie tant que tu peux. Mais, tôt ou tard, je suis sûr que tu me suivras.

Je suis désolé.

Je vais me coucher.

Demain est ma dernière journée. Ma dernière journée *entière*, je veux dire.
Entière... en tous cas, je l'espère ; je ne sais pas si tu as reçu ma dernière lettre, et ça me soucie.

Merci encore pour tout. Tu es un ami extraordinaire. Je ne t'en veux pas du tout pour les flots d'insultes ; je comprends que tu sois triste et en colère et que tu voudrais que je sois différent, ou que je fasse différemment, mais je ne t'en veux pas.

Tu es un ami hors-norme. Je te salue, l'ami.

De : armanddelmay@gmail.com
À : sebastien-tito@outlook.com
Date : 13/03/2036 - 00h52
Objet : Toi et moi

Sébastien, tu as lu tes mails ! Enfin... Il nous reste 24 h.

Ce n'est pas un hasard, Sébastien.

Ce n'est pas un loupé que tu n'aies pas désactivé ta boîte mail !

Tu sentais que quelque chose clochait.

Fais-toi confiance, Sébastien.

Fais-toi confiance ; tu as senti cela.

Sens qu'il y a un bug : sens-le, ce bug.

Sens toute cette haine qui se propage.

Mets-toi en colère.

Ils n'ont pas le droit de te traiter ainsi.

Ce n'est pas que toi qu'ils détruisent, c'est ta mère, c'est moi, c'est Hélène derrière moi ; c'est notre vie que tu détruis.

Je sais que tu es déjà trop loin pour le comprendre, trop fatigué pour l'envisager, trop endolori aussi, mais ne pense plus à rien alors, et dis-moi juste où tu te trouves.

Dis-moi juste où tu es. Dis-moi juste cela. Réponds-moi juste cela.

Je te promets que je ne te forcerai à rien.

Je veux juste te voir.
Je veux juste te faire une accolade, épaule contre épaule, et sentir ton corps. Qu'on se fasse une poignée de main d'homme à homme comme on aimait le faire quand nous avions 18 ans ; les pieds bien ancrés, les yeux dans les yeux.

Je veux juste te revoir et serrer ta main dans ma main.

Réponds juste à ce mail : donne-moi juste ton adresse, et je te promets que tu pourras mourir, mais on va se revoir une dernière fois.

Pense juste à trois choses, s'il te plaît :
- Tu les détestes. Ils t'ont insulté, humilié et ils vont te tuer ;
- On va se marrer, je te le jure : tu vas mourir, mais on va se marrer une dernière fois.
- Dis-moi juste où tu es.

Je t'en supplie, par amitié ou par haine : dis-moi juste où tu es.
S'il te plaît.

Armand

De : armanddelmay@gmail.com
À : sebastien-tito@outlook.com
Date : 13/03/2036 - 02h37
Objet : Toi et moi

Sébastien,
Je ne ferme pas l'œil ; je suis avec toi.
Je suis à tes côtés.
As-tu lu ma réponse ?
Dors-tu ?
Penses-tu ?
Pleures-tu ?
Dis-moi quelque chose.
S'il te plaît.

De : armanddelmay@gmail.com
À : sebastien-tito@outlook.com
Date : 13/03/2036 - 04h47
Objet : Toi et moi

Je suis là.
Dis-moi juste où tu es.
S'il te plaît.

De : sebastien-tito@outlook.com
À : armanddelmay@gmail.com
Date : 13/03/2036 - 8h30
Objet : RE : Toi et moi

Armand,

Ils sont là.
Ils sont en bas, les enculés. Il y a une ambulance en bas avec trois gars costauds. Ils se sont garés devant la porte de l'immeuble

Je n'ai pas dormi de la nuit, mais j'en étais sûr

Pourquoi sont-ils venus aujourd'hui, putain

Les enculés

Pourquoi viennent-ils à trois

Croient-ils qu'il va falloir me tirer, m'assommer

Pourquoi aujourd'hui

Armand, il ne me reste que quelques minutes. Pardonne-moi, je n'ai pas la force. Ils sont trop forts, trop organisés.
Vis ta vie avec Hélène et oublie-moi vite. Écoute-moi : oublie-moi.

Je l'ai voulu, ce moment, mais j'ai une frousse de dingue. Je tremble en tapotant sur le clavier.

Je les entends monter ; ils arrivent.
Je te promets que je ne leur dirai pas merci.

Je te donne mon autorisation pour une IV2PA pour maman ; je viens d'y penser et peut-être qu'elle ne sera pas en mesure de décider.

Tu es mon ami

Ce sont des enculés de fils de pute de leur race, des machines, des robots de merde

Ils ont sonné, je dois y aller

Tu es mon ami

De : armanddelmay@gmail.com
À : sebastien-tito@outlook.com
Date : 13/03/2036 - 08h32
Objet : JE T'AIME

Ne leur ouvre pas.

Tu n'es pas obligé.

Tu as le droit de leur dire non, jusqu'au dernier moment.
Tu te souviens ?

Ne leur ouvre pas.

De : armanddelmay@gmail.com
À : sebastien-tito@outlook.com
Date : 13/03/2036 - 08h33
Objet : Ne leur ouvre pas !

ÉCOUTE-MOI : NE LEUR OUVRE PAS !

De : armanddelmay@gmail.com
À : sebastien-tito@outlook.com
Date : 13/03/2036 - 08h36
Objet : Ne leur ouvre pas !

Sébastien, je t'en prie : préfère-moi à eux.

De : armanddelmay@gmail.com
À : sebastien-tito@outlook.com
Date : 17/03/2036 - 00h01
Objet : Re : Re : Toi et moi

Ton frère m'a appelé hier pour me dire que tu avais été injecté jeudi. Que tu avais demandé à mourir un jour plus tôt, finalement. Il m'a demandé de récupérer ton urne.

Alors je te laisse un dernier mail. Tu ne le verras pas, mais c'est un serment entre nous ; et, un serment, ça s'écrit.

Et puis, ils vont détruire tous tes mails. Ils auraient pu avoir la clé, mais la clé sera perdue, supprimée, détruite.

Ils t'ont assassiné, mon pote.

Cela ne peut pas rester impuni. Cela ne restera pas impuni.

Alors je vais tous les niquer. Tu m'entends, Sébastien ?
Un par un, Sébastien, je vais les buter.
Tous les enfoirés qui ont voté leur putain de loi IV2PA.
Je ne suis pas plein de haine, Sébastien.
WRATH
JE SUIS LA HAINE
Je suis missile, acier et mitraille. Je vais rentrer partout.

Je vais leur arracher leurs chairs trop molles. Je vais disjoindre leurs os et leurs muscles de leurs tendons. Séparer leur crâne en leur fracturant la nuque.

J'aurai les mains sales, mon pote, mais je te jure que je vais le faire.

Encore une fois, tu as eu raison ; mes plans étaient trop gentils, ils y sont déjà préparés.

Mais ça, ils ne s'y attendent pas.

J'ai la liste des 292 députés. J'ai la liste ; je vais juste, simplement, proprement, tous les buter. Je te le promets, mon Sébastien.

Au début, après un ou deux députés, ils vont se poser des questions, mais ils mettront du temps à faire le lien exact entre ces enfoirés.

C'est facile de buter un député : tout le monde a sa photo, son nom, son adresse ; et en plus, ces gens-là aiment bien se montrer. Une fois, je serai un livreur de pizza qui demande son chemin ; une fois, un facteur avec un recommandé ; je vais me marrer, mon pote. Ils vont essayer de tous les protéger, mais ça se protège tellement mal, un député !

Ils ont perdu d'avance ; je vais lever une armée pour toi. J'aurai les mains sales, mais si peu. Eux, ils ont les mains propres : ils ont juste appuyé sur un bouton pour dire oui, mais ils ont déjà fait 52 000 morts.

Ils vont flipper et essayer de se protéger, mais c'est perdu d'avance.

Œil pour œil et dent pour dent : la loi du talion.

Ils ont un portefeuille à la place du cœur : chacun ne vaut que son pesant d'écus. Mais je leur rappellerai leur cœur au moment où il s'arrêtera.

Ils ne pourront rien contre mon armée ; tous les amis des assassinés, tous les frères endeuillés, toutes les sœurs, les filles, les femmes, les maris, tous, je les appellerai à venger leur mort.

Pour 52 000 IV2, combien de soldats ? 52 000 ? 104 000 ? Ou bien seulement 5000 ? 5000 seront amplement suffisants pour venir à bout de cette engeance.

Et nous en torturerons aussi. Difficile de contrôler une armée de furieux.

Ils ne pourront rien contre mon armée et se recroquevilleront sur eux-mêmes ; ils ne sortiront plus ; ils resteront tapis, inutiles et apeurés.

Et ils imploreront une IV2PA pour s'éviter une mort atroce. La boucle sera bouclée.

On va tous les buter, Sébastien, un par un.

Je te le promets.

De : postmaster@outlook.com
À : 1303ArMy@protonmail.com
Date : 20/03/2036 - 00h18
Objet : Delivery Status Notification (Failure)

This is an automatically generated Delivery Status Notification.
Delivery to the following recipients failed :
sebastien-tito@outlook.com
From : 1303 ArMy

J'ai récupéré ton urne.

Tu es là, posé sur ma table basse.

Je te disais : assassinat. Meurtre avec préméditation. C'est pire encore.

Tout finit par se savoir avec Internet. J'en ai trouvé, des preuves, des tonnes.

Des montagnes de preuves qui s'accumulent.

Il y a préméditation depuis plusieurs dizaines d'années : des rapports parlementaires sur le vieillissement de la population, des enquêtes d'opinion pour introduire d'abord l'IV2, qui n'était alors que l'Interruption Volontaire de Vieillesse, des textes sur le « suicide éclairé » pour des raisons « philanthropiques », pour mettre fin à des douleurs réelles ou supposées. Il y en a des milliers.

Mais j'ai trouvé mieux encore.

52 000 morts, 800 000 dans le monde, ils n'en sont qu'au début.

Ils en veulent des millions.

C'est leur seul moyen de garder le pouvoir.

Depuis des dizaines d'années, ils préparent cela : le remplacement des foules hurlantes.

Et écoute ce que je t'ai trouvé aussi : les notes de conclusions de la séance n°38 du *think tank* « *Natural Humanity* » devant la Grande Chancellerie :

Question du Président de séance : Nous vous remercions pour cet exposé détaillé et cet effort important de synthèse que vous avez réalisé. Nous avons bien noté que vous considériez les termes « euthanasie » et « suicide » trop marqués pour permettre à la population de comprendre que les solutions proposées ne sont pas de cet ordre-là, mais qu'elles relèvent de la mise en œuvre de techniques modernes, qui correspondent à la rencontre entre une volonté individuelle de réduire la longueur de sa propre vie et d'une nécessité collective de réduire la population. Sur ce sujet des vocables, avez-vous des préconisations ?
Réponse du rapporteur : Nous pensons qu'il serait utile d'introduire des expressions complexes, et ensuite de les réduire à leurs acronymes. Plus que l'acronyme lui-même, c'est le timing d'introduction qui importe pour ne pas laisser aux

gens le temps de se l'approprier émotionnellement avant sa mise en œuvre effective.
Q : Et avez-vous une préconisation d'acronyme ?
R : Tout acronyme fera l'affaire.

C'est pas beau, ça ?

Ils avaient tout prévu. Mais, moi, ils ne me voient pas venir.

Ça va gicler.

De : postmaster@outlook.com
A : 1303ArMy@protonmail.com
Date : 21/03/2036 - 22h34
Objet : Delivery Status Notification (Failure)

This is an automatically generated Delivery Status Notification.
Delivery to the following recipients failed :
sebastien-tito@outlook.com
From : 1303 ArMy

Je suis un ange, Sébastien.

Je survole le monde et je le perce.

Je m'égare parfois, mais mes égarements ne sont pas vains.

Regarde ce sur quoi je suis tombé : tu connais le bon docteur Guillotin ?

Tu sais, l'inventeur d'une technique moderne qui permettait de tuer quelqu'un par une mort immédiate et sans douleur ?
Un médecin fou comme le tien : « Avec ma machine, je vous fais sauter la tête en un clin d'œil, et vous ne souffrez point » qu'il disait, le connard. Médecin, franc-maçon et député ! C'est pas beau, ça ?
Et il avait un de ces titres dont il devait être bigrement fier : Vénérable Maître de la loge Concorde fraternelle !
La Concorde fraternelle ! C'est pas dingue, ça ?

Mais, là, aujourd'hui, c'est plus génial encore : les gens se croient volontaires.

« Je suis si pauvre et ma vie est un enfer de froid et de faim… pouvez-vous me guillotiner, s'il vous plaît ?
– Mais bien sûr, Monsieur, et dans notre bonté, nous vous le faisons gratuitement ! »

« Je n'ai plus les moyens de payer pour mes soins antidouleurs, je suis vieux et j'ai mal… Je vous prie de m'excuser, je vous dérange, mais pourriez-vous me guillotiner, s'il vous plaît ?
– Ne vous excusez pas, votre geste vous honore. Venez avec moi. »

« Oh, s'il vous plaît, je m'appelle Sébastien, je suis un mec super, mais personne ne veut de moi. En fait, je n'en suis pas sûr, je ne suis sûr de rien ; il y a bien des gens qui m'aiment, mais je pleure tous les jours. Je pleure ma mère, je pleure les gens que je croise dans la rue et leur courage sans bornes. Je souffre tellement ; je voudrais que tout s'arrête… s'il vous plaît, guillotinez-moi.
– Comme nous vous comprenons, Monsieur. C'est au fond du couloir, 3e porte à gauche. »

Putain, les enfoirés !

L'IV2PA, l'invention absolue de l'élite contre le peuple, la guillotine inversée.

Et on ne pousse personne vers l'échafaud : ils viennent, que dis-je, ils demandent, ils réclament !

Des foules *consentantes* ! Que demande le peuple ? À être guillotiné ! Nous serons bons et accéderons à leur demande.

Un consentement « éclairé », qu'ils disent. Éclairé par qui ? Mais par eux, bien sûr !

Viens, petit, la nuit tombe et il fait noir ; suis ma lanterne et viens dans mon antre.

...

Je suis apaisé, déterminé, et je pourrais dire presque heureux. Encore un peu trop soucieux pour être totalement heureux, car il faut que je vainque, mais cela prend forme, je commence à voir comment je vais les buter. Comment *nous* allons les buter.

Ne t'inquiète pas pour les histoires de guillotine, pas utile de faire dans le symbole.

Je n'arriverai jamais au bout des 292 si je fais trop dans l'esthétisme, il faut se résoudre à être pragmatique, efficace et rapide.

General WRATH

De : postmaster@outlook.com
À : 1303ArMy@protonmail.com
Date : 14/04/2036 - 23h53
Objet : Delivery Status Notification (Failure)

This is an automatically generated Delivery Status Notification.

Delivery to the following recipients failed :

sebastien-tito@outlook.com

From : 1303 ArMy

Sébastien, ton urne est là.
J'y puise ma force.
Voilà le programme : poésie, beauté et sacrifice.
Ta cendre sera ma poudre.

Remember, remember,
The 13th of March,
Manpowder, Gunpowder,
I breathe your ashes,
One by one, you'll die,
'Cause it is my intent,
To blow up your mind,
And your parliament.

De : postmaster@outlook.com
À : 1303ArMy@protonmail.com
Date : 04/10/2036 - 22h35
Objet : Delivery Status Notification (Failure)

This is an automatically generated Delivery Status Notification.
Delivery to the following recipients failed :
sebastien-tito@outlook.com
From : 1303 ArMy

Sébastien,

Nous nous sommes beaucoup parlé depuis six mois.
À dire vrai, je t'ai beaucoup parlé : je te posais sur ma table basse, et tu m'écoutais, fier.
Tu as assisté à tout.
Aux larmes d'Hélène et à son départ ; et avant, même, au moment où elle a voulu te chasser de chez nous. Mais je ne t'ai pas abandonné.
Et puis, finalement, cela devenait trop compliqué d'avoir Hélène, de me cacher, je ne voulais pas la mêler à ça.
Tu as assisté à tous mes préparatifs. Depuis mes sorties de cash, régulières pour ne pas attirer l'attention, jusqu'à mes approvisionnements ; mes stocks de munitions, et de gants. Mes entraînements tardifs en forêt. Mes nettoyages à répétition et mes stockages en sachets plastiques pour ne laisser aucune trace ADN.

Tu as été patient, et tu as vu comme je suis minutieux, aussi méthodique qu'eux.

Depuis mon salon, tu n'as pas pu voir mon scooter, mais je t'ai montré mon astuce pour modifier ses plaques.

Tout est calé.

Je t'écris aujourd'hui car tout est prêt pour demain.

Et si cela tournait mal, je ne pourrais plus te parler, mais je ne voudrais pas que tu m'en veuilles si je me fais arrêter dès le premier.

Au moins, lui, le rapporteur, sera mort par ma main, et je ne doute pas que mon armée se lèvera alors.

J'ai tout pris en compte, tout ce qui peut être imaginable ; je connais les gestes par cœur. Une balle dans le ventre, une balle dans le cœur. Je l'ai répétée cent fois.

Ce sera le signal, Sébastien : notre armée se lève demain.

Une armée révolutionnaire.

Leur efficacité et leurs critères,

Nous mettrons tout à terre.

Notre armée se lève demain,

Enfin.

De : postmaster@outlook.com
À : 1303ArMy@protonmail.com
Date : 05/10/2036 - 23h18
Objet : Delivery Status Notification (Failure)

This is an automatically generated Delivery Status Notification.
Delivery to the following recipients failed :
sebastien-tito@outlook.com
From : 1303 ArMy

Gjjndndnjdekdkdkkddkdkdk,kHhhhhhhhhhhhhhhhhh-hhhhhhhhhhhhhhhhhhhhhhhhhhhhhhhhhhhhhhhh-hhsfqmdddddddddddddddddddddddddddddddd ddddddd

Qu'as-tu fait, Sébastien ?

Je ne comprends pas.

Tout était réglé.

C'était fait.

Il s'approchait de moi, insouciant, une raquette de tennis à la main ; à travers ma visière, il ne voyait même pas que je le regardais.

« Colle-toi au mur. »
Ses yeux terrifiés.

Sans que je lui demande rien, il m'a dit qu'il n'avait rien fait.
« Assassin.
– Je n'ai assassiné personne, vous vous trompez. »

J'ai tiré un coup à droite, à cinq centimètres de lui.

Je lui parlais, mais je te voyais, toi.

Ses yeux terrifiés, ses joues, tu étais là.

J'ai tiré une balle juste à gauche pour qu'il se taise.
Il tremblait et suppliait ; je me trompais.
Il a voulu me donner un coup, je lui ai tiré dans le bras. Il a hurlé et est resté à genoux face à moi.
Il s'est pissé dessus ; il pleurait ; il puait.
Je te voyais supplier, pleurer, je te voyais implorer la pitié.
J'ai tiré encore.
À droite.
À gauche.
Je ne pouvais pas te tirer dessus.
Je ne pouvais pas t'assassiner.

Je ne comprends rien ; j'ai comme raté, alors que j'ai tout réussi. Tout s'est passé parfaitement, avant, pendant, après. Je suis remonté sur mon scooter ; j'ai rejoint ma « zone blanche », à l'abri de tous regards et de toutes caméras. En cinq minutes, j'avais changé de casque, de survêtement, de plaques et bombé mon scooter bleu en rouge.

J'ai parfaitement réussi, mais il n'est pas mort.

Sébastien, je ne t'ai pas trahi. Mais c'est toi, tu m'as empêché.

Je n'avais pas peur. Je pouvais le tuer. J'avais fait le plus dur ; tout était pensé, calculé.

Cet enculé avec 60 000 morts sur la conscience était face à moi. Ma barbarie n'est rien comparée à la sienne. Elle a l'air plus sale, mais elle est plus belle, plus héroïque ; lui n'a jamais regardé en face une seule de ses victimes.

Il ne t'a jamais regardé en face, pas plus que les autres.

Vous n'êtes rien. Un concept. Assassinés à distance, assassinés par *process*. Un *process* où celui qui injecte n'est qu'un maillon de la chaîne et ne fait qu'obéir ; il n'a rien décidé. Personne n'est responsable. Et qui t'a conditionné ? Personne. La monstruosité de leur *process*.

Mais pourquoi as-tu été lui ?

J'ai tiré à droite, et à gauche encore.

Des gens hurlaient, mais je n'ai pas eu peur. Je n'ai pas eu peur un instant.

Je lui ai hurlé de demander pardon.

Il a dit pardon, pardon. Mais trop rapidement, il mentait, alors je lui ai mis le canon sur le crâne ; et là, il pleurait en disant : « Pardon à tous. »

J'ai compris qu'il avait compris.

Et là, j'étais bien, déterminé, soulagé ; j'allais le tuer.

Il a levé son visage plein de larmes vers moi, et tes yeux m'ont regardé.

C'était toi. Tu tremblais de peur ; tu voulais être aimé ; tu aurais voulu être autre pour qu'on t'aime plus. Tu étais là, face à moi, à me regarder, tremblant, faible, humilié. Mais je ne t'ai pas tué, ce sont eux qui t'ont injecté ; tu étais triste et ils t'ont proposé une overdose de désespoir ; que ton cœur n'en puisse plus et s'arrête de fatigue ; tout ce flot de douleurs et de tristesse qui coagule ; trop visqueux, trop lourd, trop fatiguant.

Ils t'ont assassiné, mais tu étais là et tu me suppliais de vivre.

Je n'ai pas pu t'assassiner.

Si tu savais comme tu me manques.

Tu avais tant à apporter au monde.

Sébastien, crois-moi : je ne t'ai pas trahi. Je n'ai pas eu peur non plus. J'étais la puissance même ; j'étais la force. Il se pissait dessus et j'avais tout. Des mois de travail pour son exécution.

Mais tu m'as empêché de le faire. Tes yeux surtout.
Ma barbarie est plus courageuse et plus belle que leur industrie. Mais je suis comme eux, alors. Je me réduis à eux.

Pardon si tu voulais que je le tue, mais j'ai vu tes yeux.

Mais le voulais-tu vraiment ?

Que veux-tu, Sébastien ?

Explique-moi.

Je regarde tes cendres, mais tout à coup elles semblent mortes. Comme si tu les avais quittées.

Où es-tu donc ?

Dis-moi juste où tu es.

De : postmaster@outlook.com
À : 1303ArMy@protonmail.com
Date : 06/10/2036 - 20h03
Objet : Delivery Status Notification (Failure)

This is an automatically generated Delivery Status Notification.
Delivery to the following recipients failed :
sebastien-tito@outlook.com
From : 1303 ArMy

Je suis allé voir ta mère aujourd'hui. Je n'étais pas allé la voir depuis ta mort.

Elle était beaucoup mieux ; ne crois pas qu'elle t'oublie. J'ai plutôt l'impression qu'elle pense à toi à chaque instant, chaque minute, chaque seconde. C'est comme si elle avait des yeux à double fond ; ils me regardaient et regardaient au loin aussi, au-delà de moi.

Je ne savais pas pourquoi j'allais la voir, mais il le fallait.

Je pense que j'espérais qu'elle me dirait où tu es.

Elle était assise dans son fauteuil rouge préféré ; elle a gardé quelques meubles de votre maison.

Elle m'a accueilli avec un grand sourire ; et je me suis effondré en larmes à ses pieds.

J'ai pleuré silencieusement et si longtemps ; elle avait sa main sur ma tête, et je lui ai demandé pardon. Cent fois. Mille fois.
« Pardon, Madame, pardon, Madame. »
J'avais du mal à articuler tellement je pleurais. Et elle me répétait : « Ce n'est pas grave, Armand ; ce n'est pas grave, mon enfant. »
Mais je lui disais qu'elle ne comprenait pas. Elle me répondait : « Si, je comprends, et tu es tout pardonné. Ne pleure plus ; calme-toi. »
Mais elle ne comprenait pas. Mes joues et mes mâchoires étaient si dures que je ne pouvais pas articuler. Et je pleurais. Et comme je ne disais plus rien, elle me répétait : « Sois en paix, Armand. »

Les yeux fermés, j'ai fini par me calmer un peu et par lâcher : « Je suis tellement désolé, je n'ai pas su le protéger. »
J'ai explosé en larmes à nouveau.

Ça fait tellement mal, Sébastien, j'ai tellement mal.

« Pardonnez-moi de ma faiblesse, de ma dureté ; pardonnez-moi. »
Et elle me caressait la tête : « Vous n'y êtes pour rien, vous êtes tout pardonné. »
J'ai pleuré encore longtemps ; je me suis calmé encore pour lui dire : « Je n'ai pas su le venger non plus. »
Et je me suis remis à chialer.

Je suis désolé, Sébastien, si tu voulais que je le tue.

Mais elle me caressait la tête encore : « Je sais, Armand, je sais ; vous êtes protégé, Armand. »
Alors que je lui disais qu'elle ne comprenait pas, elle a allumé la télévision sur une chaîne d'information continue. Les images tournaient en boucle depuis 24 h ; on m'y voyait avec mon casque de moto et mon survêtement, des images d'amateurs ; et tous mes coups de feu, à droite, à gauche. Le député Danjou est sorti de l'hôpital, risque vital écarté ; la police recherche toujours le coupable.

Elle me répète : « Vous êtes protégé, Armand. »
Je ne la comprends pas, je la regarde comme un enfant. Et elle me dit : « J'ai tellement prié pour vous depuis la mort de Sébastien. Votre silence m'inquiétait tant. Et en vous voyant aujourd'hui, j'ai compris que c'était vous. Dieu soit loué ; il a retenu votre main. »

Alors je me remets à pleurer ; ses histoires de Dieu, je n'y comprends rien, alors je lui explique. Ce n'est pas Dieu, ce n'est pas ça. J'avais tout répété ; je devais juste tirer deux fois, mais tu étais là, Sébastien, dans les yeux de ce connard. Ce n'est pas Dieu qui m'en a empêché, c'est juste que je n'ai pas su. Mon cerveau m'a joué un tour. Je n'ai pas pu. Ce n'était pas de la peur.

Alors elle m'a demandé ce que je ressentais hier au moment de lui tirer dessus : « J'étais déterminé, calme, concentré.
– Oui, mais au moment de tirer, que ressentiez-vous ? »
Alors j'ai revu la scène devant moi, ses yeux implorants, *tes* yeux implorants.
« De la pitié. »

De la putain de merde de pitié ! De la pitié à vomir par les yeux. Ce connard était mort de peur ; il se pissait dessus et implorait que je lui laisse la vie ; j'ai vu tes yeux terrorisés par la mort et j'ai eu tellement pitié de lui. Putain de cœur de merde. Putain de saloperies qui m'ont coupé les jambes. Et j'ai tiré à droite pour lui dire qu'il ne lui restait que deux secondes à vivre ; j'ai tiré à gauche pour lui dire qu'il ne lui restait plus qu'une seconde à vivre ; et j'ai tiré encore à droite ; je ne sais pas pourquoi. Pour lui dire que je le laisse vivre, sale enculé, assassin, et j'ai tiré encore ma colère : je ne veux pas te ressembler, tu fais tellement pitié, accroché à ta vie, distillant le mal par tous les pores de ta peau. Tu fais tellement pitié.

J'ai dit tout cela et je pleurais encore. Et alors, ta mère m'a pris le visage : « Je suis tellement heureuse que Sébastien vous ait protégé ; j'ai tellement prié pour qu'il vous protège. »

J'ai pleuré encore. Je ne comprenais pas ce qu'elle me disait. Ou plutôt si. Mon cerveau ne comprenait pas ses histoires de prière, de télépathie, tout ça, mais mon cœur comprenait. Je savais qu'elle disait la vérité. Je savais que c'était vrai. J'ai compris à ce moment-là que tu m'avais demandé d'épargner cet enfoiré.
Oui, tu t'es mis entre lui et moi ; c'est vrai, ça.
Je ne comprends pas pourquoi ; nous étions d'accord pourtant, mais tu avais dû changer d'avis, et tu m'en as empêché.

J'ai quitté ta mère. Une infirmière a passé la tête parce qu'il fallait qu'elle descende manger. Je ne sais pas si c'est à l'odeur des larmes, à ma tête ou à ma position, encore à genoux ; elle m'a demandé si tout allait bien et j'ai dit que oui, tout allait bien.

De : postmaster@outlook.com
À : 1303ArMy@protonmail.com
Date : 11/10/2036 - 20h03
Objet : Delivery Status Notification (Failure)

This is an automatically generated Delivery Status Notification.
Delivery to the following recipients failed :
sebastien-tito@outlook.com
From : 1303 ArMy

Sébastien,

Je t'écris encore car je suis retourné voir ta mère avec tes cendres et je lui ai demandé ce qu'elle voulait que j'en fasse. Elle m'a plaint de les avoir gardées si longtemps ; elle avait dit à ton frère qu'il fallait que j'aille les récupérer, mais elle pensait que je les avais enterrées quelque part. Elle m'a dit de choisir un coin de nature que j'aime bien, de creuser un trou et de les y verser là ; de reboucher le trou et d'y planter une croix en bois. « Ce sont juste des cendres, Armand, ce n'est plus rien de Sébastien ; mais vous aurez un endroit paisible qui vous aidera à le retrouver dans votre cœur quand vous l'aurez perdu. De temps en temps, si vous avez besoin de le retrouver, vous irez là. »

Je lui ai demandé si elle voulait choisir l'endroit, ou m'accompagner si elle avait le droit de sortir, mais elle m'a dit qu'elle était trop vieille et qu'elle n'irait pas.

Je me suis rappelé le coin où nous avions dormi : le grand arbre au bord du champ, pas loin de chez ta cousine. On avait garé la voiture en vrac, car toi et moi avions trop bu pour aller plus loin.

De : 1303ArMy@protonmail.com
À : sebastien-tito@outlook.com
Date : 23/10/2036 - 21h43
Objet : À l'amitié, l'amour, la gloire

Sébastien,

Ces *non-delivery* finissaient par m'irriter, car je suis sûr que tu reçois mes messages et que tu m'écoutes !

Alors j'ai fait un truc marrant : j'ai rouvert un compte mail avec Sébastien-Tito, ton pseudo débile. Personne ne l'avait pris entre-temps, tu penses, trop loufoque.

Je suis retourné voir ta mère et je lui ai montré la photo de ta « tombe » ; j'ai même peint ta croix en blanc en prenant la même forme que ces croix de cimetière militaire américain. Tu es mort au combat ; tu es mort pour ton idéal, pour ce que tu aurais voulu que la vie soit.
Elle a eu l'air contente et m'a remercié.

De : 1303ArMy@protonmail.com
À : sebastien-tito@outlook.com
Date : 05/11/2036 - 23h56
Objet : Deep inside

Sébastien,

Depuis quelques jours, je ne cesse de repenser à mon petit coup d'État raté.

J'ai l'impression que tu m'as testé. Tu as testé mon amitié jusqu'au bout, et puis tu m'as sauvé, au bord du gouffre.

Je pense que j'ai réussi le test : j'ai tout quitté pour toi, Hélène, mon boulot, ma vie rangée et mon amour-propre. Prêt à devenir un malfrat pour toi, du sang sur les mains ; je me serais racheté. Tu m'aurais alors pardonné ma nullité, mon amitié orgueilleuse et inutile, incapable de te comprendre vraiment, et incapable de te protéger.
Je t'ai prouvé jusqu'où j'étais prêt à aller pour toi, mais preuve étant faite, tu m'as arrêté pour que je reparte vivre. Je le comprends. Mais je sens que je suis encore loin de tout comprendre.

Je ne sais pas où tu m'emmènes, Sébastien. Ton voyage est douleur, tellement de douleur ; douleur et lumière. Mais je te suis, maintenant.

Et tu me travailles au corps, au cœur, je le sens. Toute cette haine pour nos élus et nos élites s'efface depuis la pitié pour cette pauvre pomme pleurnicharde de député à genoux ; et monte en moi une pitié plus profonde pour lui, pour ses pairs et ses semblables. Une compassion plus calme, plus tendre, comme un grand-père regarderait son petit-fils lui dire qu'il veut devenir président du monde. Je les regarde, tous ces puissants, intellectuels, politiques ou financiers, tous ceux qui brillent, qui se croient importants, décident de la vie ou de la mort de leurs semblables, et ne sont rien. Bulles d'orgueil éphémères, avec leurs pages Wikipédia qui se perdent et se noient déjà au fond du web. Juste ridicules dans un monde absurde.

Mais il y a plus, Sébastien : j'ai pitié d'eux car je sais que je leur ressemble. Plus que je ne le croyais. Toi et moi, où étions-nous pendant qu'ils décidaient ? Nous glandions. Nous les avons laissés aux affaires du monde. Et je leur ressemble justement parce que, si on m'avait posé la question « Êtes-vous *pour* ou *contre* le fait d'aider à mourir des personnes qui le désirent ? », eh bien, j'aurais dit *pour*. Tu sais pourquoi ? Parce que je m'en tapais. Les autres ne sont pas moi. Si certains veulent mourir, qu'ils meurent ! Chacun est libre, cela ne me regarde pas. J'étais con comme un balai, ou plutôt indifférent aux autres comme une pierre, de l'indifférence la plus profonde. Hélène aurait peut-être répondu : « Mais non, il faut essayer de comprendre pourquoi ils veulent mourir, et les aider. » Mais moi, je t'assure, je n'avais pas de cœur, juste un cerveau froid dominé par l'indifférence.

J'ai honte, Sébastien, mais c'est la vérité. Pourquoi n'ai-je pas compris ta déprime, pourquoi t'ai-je laissé, parfois plusieurs semaines, sans prendre de nouvelles ? Parce que j'étais déjà inhumain moi-même.

Et puis c'est pire, allons jusqu'au bout, Sébastien. Si on m'avait demandé, je me serais dit : « Si d'un côté quelqu'un demande la mort, une mort douce, et que de l'autre quelqu'un est prêt à la lui donner, cela les regarde. » Moi, je ne participerais pas, ni d'un côté, ni de l'autre, mais j'aurais répondu que cela ne me regarde pas. Et tu sais pourquoi, Sébastien ? Réflexe conditionné : parce qu'on nous a injecté le marché dans les veines. Je suis immonde, ou plutôt j'étais immonde, mais c'est sûr, Sébastien : au fond de moi, je sens que je me serais dit : « Il y a une demande, elle ne me regarde pas. S'il y a une offre, alors c'est le jeu de l'offre et de la demande, basta ! Pourquoi m'y opposer ? » Comme si la logique du marché était un principe intouchable qui rend normale toute forme de *business*, quel que soit l'objet du *deal*. Génération spontanée et monstrueuse de *business* inhumain. Le marché tout-puissant : Sébastien, ils nous ont niqué la tête avec ça aussi. On se ne pose plus la question, on peut tout vendre, tout acheter, tout troquer.

Voilà ce que je me disais, Sébastien.

Mais c'est encore pire.

Pardonne-moi, Sébastien.

Je frissonne, j'ai froid et j'ai du mal à voir à travers mes yeux embués. Pardonne-moi, Sébastien, mais je crois que je dois aller au bout. C'est pire encore car j'ai mal. Mais il faut y aller.

Sébastien, si on m'avait même demandé : « Ces personnes qui désirent mourir veulent mettre fin à leurs douleurs ; le

deal est-il une bonne chose selon vous ? », j'aurais dit oui. C'est certain, j'aurais dit oui. J'aurais dit oui parce que j'ai en moi une peur énorme de la douleur. Peur de la douleur des autres, effrayé par la mienne. J'ai atrocement peur de souffrir, Sébastien.
Je suis désolé, Sébastien. J'ai tellement mal.
J'ai tellement honte.

...

J'ai du mal à respirer, mais c'est là où tu veux que j'aille, alors je te suis : au plus profond de ta mort et de ma douleur, au plus profond de moi. Et je me regarde sans fard : j'ai tellement peur de souffrir. Je sais que je vais devoir supporter mes propres souffrances, alors celles des autres, qu'ils se les gardent ! Chacun les siennes. Les miennes sont déjà trop. Si tu souffres et que tu veux mourir, je ne veux pas le savoir. Va voir un médecin, demande-lui des cachets, soigne-toi, arrange-toi, mais ne m'emmerde pas. Je n'en veux pas, de tes souffrances. Alors si quelqu'un veut mourir, si c'est trop lourd, trop compliqué de le soigner, de lui remonter le moral, alors laissons faire.
Je me suis laissé niquer le cœur. Je déborde d'une indifférence qui dépasse tout ce que j'imaginais. Et je regarde, effrayé, cette énorme trouille de la douleur. Elle fait de moi un sous-homme... un lâche.

Alors, c'est vrai, je détournais les yeux de toute douleur, et j'aurais répondu trois fois oui.
Oui, vous pouvez leur donner la mort, cela ne me concerne pas.

Oui, je m'en fous. S'ils trouvent un deal entre eux, c'est très bien et je m'en lave les mains.
Oui, faites cesser ces douleurs ; finissez-les.

...

Et j'avais les mains propres. C'est si facile, on ne m'a même pas posé la question. Lobotomisé du cœur, anesthésié sans m'en rendre compte.
Anesthésié par la peur de souffrir.
Mais, toi, tu m'as rattrapé, Sébastien, et tu me contrains à la vérité.
Voilà qui j'étais, Sébastien.
Et tes reproches étaient plus fondés encore que tu le ne croyais.
Et ta mort est une douleur plus profonde et plus large que celles qui m'effrayaient.
En voulant fuir ta douleur plutôt que lui faire face, en voulant fuir ta douleur plutôt que faire front commun, elle a grossi, elle a gonflé, elle t'a tué ; et sa déflagration dans nos vies est terrifiante.

De : 1303ArMy@protonmail.com
À : sebastien-tito@outlook.com
Date : 07/11/2036 - 21h43
Objet : Dieu ou la mort

Sébastien,

J'ai relu tous tes courriers, tous nos mails, et je suis retombé sur celui du 8 mars où tu écrivais :

J-6

Rien ne tient sans Dieu.
IV2 généralisée, c'est ce vers quoi le monde va.

Seuls ceux qui ont une espérance peuvent supporter le monde.
Seuls ceux qui ont le pardon, cet acte volontaire, plutôt que l'oubli, peuvent réellement assumer la douleur de vivre.

Seuls ceux qui ont fait don de soi ne peuvent plus se perdre car ils ne s'appartiennent plus ; ils se sont donnés en sacrifice.

Je n'ai jamais réussi à croire en Dieu.

Trop occupé par mes cinq sens : ce que je vois, entends, sens, touche, goûte. Jamais pu y trouver Dieu.

Dieu ou la mort, il n'y a que ces deux chemins possibles.

Tous ceux qui ne choisissent pas Dieu et ne choisissent pas la mort sont des pauvres êtres qui errent sur la terre, comme des spectres sans-cœur, en se racontant des histoires pour faire passer le temps, des aveugles imbéciles ou orgueilleux, ou les deux.

Il faut choisir Dieu ou la mort.

J'ai choisi la mort.

...

J'ai repensé à tout cela, et je crois que tu avais raison. Encore une fois.

De : 1303ArMy@protonmail.com
À : sebastien-tito@outlook.com
Date : 10/11/2036 - 03h16
Objet : Dieu ou la mort 2

À quel moment nos corps se sont-ils séparés ? À quel moment nos ventres ne se sont-ils plus touchés ? À quel moment nos épaules, nos bras ne furent-ils plus côte à côte ? À quel moment nos lèvres et nos sourires ne se répondirent-ils plus ? À quel moment avons-nous accepté que nos chairs ne se réchauffent plus les unes aux autres ? Accepté la distance et le froid ?

Nous ne formions qu'une seule humanité, un corps unique, nous réchauffant les uns les autres ; et tout ce qui était toi était moi. Toute ta douleur, je pouvais la ressentir ; et toutes tes joies aussi ; et ton rire me faisait rire, et tes sourires me réchauffaient ; nous étions un. Tous différents, mais tous pareils.

Mais quand avons-nous accepté de nous séparer les uns des autres ?

Nous sommes tous de la même espèce, personne ne le nie plus. Oui, mais l'humanité ne se réduit pas au constat biologique d'appartenance à une même espèce animale : c'est que nous étions tous frères. Joyeux dans les joies de l'autre ; tristes dans les malheurs de l'autre.

À quel moment ne nous sommes-nous plus définis comme des frères, mais juste comme des hommes et des femmes qui se reproduisent, naissent et meurent ? Juste comme les individus interchangeables d'une espèce comme une autre.

À quel moment cette indifférence s'est-elle généralisée au point de réduire nos sentiments envers les autres à ceux que peuvent entretenir entre eux deux chats ou deux chiens ?

Car c'est bien pour cela, Sébastien, que j'aurais dit trois fois « oui ».
À quel moment avons-nous réduit notre capacité de compassion à presque rien ?

À quel moment avons-nous accepté de n'être plus de la même famille, la grande famille des hommes ?

...

Je ne sais pas s'il y a eu un moment donné, dans l'histoire de l'humanité, mais je ne comprends pas comment nous pourrions être frères sans avoir le même père.

De : 1303ArMy@protonmail.com
À : sebastien-tito@outlook.com
Date : 10/11/2036 - 22h01
Objet : Dieu ou la mort 3

Sébastien,

J'ai vu ta mère aujourd'hui ; et je lui ai dit que je ne comprenais pas qu'elle croie en Dieu. Elle a souri en me disant que poser la question était déjà le début du chemin. Que ceux qui ne croient pas en Dieu sont souvent ceux qui refusent de se poser la question. Il n'y a de pire aveugle que celui qui ne veut pas voir.

Alors je lui ai lu ta lettre de J-6, mais sans la dernière phrase, pour ne pas la rendre trop triste ; je me suis arrêté à : « Il faut choisir Dieu ou la mort. » J'espère que tu ne m'en veux pas, mais ça nous a permis d'échanger. Elle avait l'air heureuse de parler de toi, de moi, de Dieu et du monde.

Elle m'a dit : « Mais nos cinq sens sont tellement limités par rapport à Sa grandeur. Tous les rayonnements sont de Lui, mais nos yeux ne voient qu'une partie du spectre. Toutes les molécules sont de Lui, mais nos narines et nos papilles n'en sentent que certaines. Tous les corps physiques, lointaines planètes ou proches objets, sont de Lui, mais nous ne sentons que le froid et le chaud à proximité immédiate. Mais nous Le voyons déjà. Nos cinq sens nous permettent déjà de voir des bouts merveilleux de Sa splendeur : le monde existe, il est vivant, il est d'une complexité infinie ; il est spectaculaire. Moi, j'y vois Dieu partout, mais Il est tellement différent de nous, tellement plus grand, tellement plus puissant. À travers le monde, Il se montre à notre portée. Il est notre créateur et ne peut communiquer qu'à travers Sa création. Comment pourrait-Il faire autrement ? Comment pourrions-nous voir ou comprendre autre chose que le monde où nous vivons ? »

Alors je lui ai dit que l'univers était magnifique, mais que ce serait plus simple, si Dieu existait, qu'il ne nous laisse pas dans le brouillard, et qu'il nous explique clairement qui il est.

Alors elle m'a surprise : « Il est tout ; et Il peut apparaître sous toutes les formes. Sous quelle forme veux-tu qu'Il apparaisse pour venir te parler : une table ? un chien qui parle ? un cheval, peut-être ? »

J'ai souri et j'ai dit que le plus simple serait qu'il vienne nous parler sous la forme d'un homme.

Elle m'a rendu un immense sourire.
« Tu comprends : on accuse Dieu de beaucoup de maux et de nous laisser seuls nous débrouiller, mais s'Il voulait venir nous parler, nous aider, nous dire ce qu'Il attend de nous, Il prendrait la forme d'un homme. Comprends-tu ce que cela signifie ? Que Dieu a fait cela aussi ! »

Tu as choisi la mort et j'ai l'impression que je suis en train de choisir Dieu. Cela me rend perplexe que tu aies si raison : il n'y a que cette alternative.

Ce Dieu me paraissait une invention si humaine, tellement ridicule. Et qu'il soit si faible, qu'il se laisse nier, qu'il se laisse insulter, mépriser, et qu'il se laisse condamner – y compris par moi jusque hier – tout ceci me paraissait tellement absurde. Je n'en suis plus si sûr.

Si un Dieu tout-puissant existait, il aurait un regard sur le monde plus dur encore que celui que tu portais parfois : ces pauvres êtres ridicules, moches et stupides. Lui, l'intelligence de tout, le créateur de tout, il aurait anéanti sa création de dégoût. À peine créée, aussitôt détruite ; ou jamais créée. Mais s'il nous laisse vivre, c'est forcément qu'il n'a aucune colère contre nous, aucune volonté de destruction ; c'est forcément que son cœur déborde d'amour pour nous. La moindre once de volonté de mort et le monde serait détruit. Si Dieu existe, il est forcément amour. Et s'il est amour, il veut notre bien ; et s'il veut notre bien, il faut qu'il vienne nous expliquer cela, en prenant la forme d'un homme.

Je ne comprends pas trop ce que je dis, car tout ceci me paraît encore tellement étrange, mais je sens que cela a un sens, que tout devient cohérent et logique.
Et tu l'avais compris : soit Dieu existe, soit il n'y a rien, et juste à mourir.

Tu as choisi la mort, mais tu m'as montré qu'il y avait un autre chemin. Et moi, je suis en train de choisir Dieu.

Je ne me reconnais même pas quand je dis que Dieu existe peut-être. Je me sens ridicule. Je me sens obligé d'ajouter « peut-être ». Je me dis que je suis stupide, naïf, un

Bisounours ; mais pourtant, que c'est vrai, que je ne peux le nier plus longtemps.
Il est si difficile de croire en Dieu, je suis des non-croyants depuis toujours. Mais c'est comme avoir les yeux baissés, comme une lumière si forte que l'on préfère détourner les yeux : le monde est si extraordinaire, si beau. Et un homme est venu nous dire : « Dieu est Amour ; et si vous voulez rester près de moi et de Dieu pour toujours, aimez-vous les uns les autres comme je vous ai aimés. »

Tout prend sens.

Tu dois être sur le cul de me voir dire ce genre de choses. Tout est si nouveau pour moi.

De : 1303ArMy@protonmail.com
À : sebastien-tito@outlook.com
Date : 20/11/2036 - 19h17
Objet : Liberté

Sébastien,

Je suis retourné voir ta mère aujourd'hui.

Mais tu dois déjà le savoir puisqu'elle passe ses journées avec toi, m'a-t-elle dit !

Ta mère est extraordinaire. Plus je parle avec elle et plus je perçois sa grande intelligence et sa grande bonté.

Elle explique qu'elle est passée par-dessus ton suicide en t'aimant encore plus, et en priant encore plus.

Sa force me surprend tous les jours.

Je t'avais écrit, une fois, que son Dieu ne lui servait à rien, mais c'était faux : comment quelque chose qui n'existerait pas pourrait-il être si puissant ? D'où lui viennent ces monceaux d'amour pour les autres, et ces masses de joie ?

Pourquoi nier, quand on voit un fleuve, qu'il y a une source ?

Je ne suis pas encore très à l'aise avec l'idée de l'existence de Dieu. Très régulièrement, mes cinq sens, pour reprendre ton expression, essaient de me ramener à mes pulsions ou à mes sensations immédiates. Je repense alors à ce qu'elle m'avait dit tout au début : « Comment le Tout-Puissant peut-Il faire plus pour Se faire connaître que de laisser admirer Sa création ? » Ainsi, mes cinq sens me ramènent à Dieu quand je contemple un arbre, le ciel du soir quand le soleil se couche et que les nuages se teintent de rose et d'orange ; le ciel du matin aussi, quand l'air est frais et que quelques étoiles, à des millions d'années-lumière, finissent de se noyer dans le bleu envahissant du soleil.

Et dans le visage de toutes ces femmes, ces enfants, ces hommes, et dans leur soif inaltérable d'amour.

Mais ce matin, je n'étais pas très bien, et de nouveau agacé contre Dieu, et de nouveau assez prompt à me dire qu'il ne devait pas exister.

As-tu remarqué comme c'est curieux, ce raisonnement que tout le monde fait : dès que Dieu a un tort, selon notre vision, qu'il est trop *gentil* en laissant tout faire, ou trop *méchant* à nous regarder souffrir, ou trop *absent* et *distant* à nous abandonner. Bref, dès que Dieu a un tort, on se dit immédiatement que Dieu n'existe donc pas puisque Dieu est, par nature, parfait ?

C'est curieux que notre propre idée de la perfection que Dieu devrait avoir, confrontée à ce que nous jugeons comme étant des imperfections, nous conduise à nier son existence.

On ne se dit pas naturellement que notre idée de la perfection est fausse, et que nos jugements sur ses supposées imperfections sont parfaitement futiles, par rapport à ce qu'il est.

Mais bon, ce matin, sans nier totalement son existence, car je vois bien qu'il grandit dans mon cœur, je résistais et je voulais qu'il se montre plus clairement.

Et ta mère m'a dit qu'il n'y avait pas d'amour sans liberté. Un amour contraint n'est plus de l'amour, c'est de la peur.

Bien sûr que Dieu pourrait nous apparaître dans le ciel et nous montrer sa puissance, mais il veut que nous l'aimions, d'un cœur pur et sans contrainte. Et pour cela, nous laisser libres.

« Certes, mais il est quand même venu pour faire des miracles et nous dire qui il était... »

Elle a souri : « Ne me disais-tu pas que cela était trop peu, et nous laissait trop de liberté à ton goût ? »

Ta mère a raison : 2000 ans après, quand on voit le nombre de personnes, dont je faisais partie il y a peu, qui ne croient pas en Dieu, on ne peut pas dire qu'il ait violé notre liberté...

Sur ses conseils, j'ai commencé à lire l'évangile selon saint Jean.

Je ne capte pas tout, mais j'ai décidé de me laisser du temps.

Je vais essayer de comprendre ce que je peux.

De : 1303ArMy@protonmail.com
À : sebastien-tito@outlook.com
Date : 02/12/2036 - 21h21
Objet : Aller simple ?

Sébastien,

C'est un voyage étrange que je vis.

Je m'éloigne de plus en plus de la rive où j'étais ; j'en perçois encore les rochers, les sables. Toutes ces idées, je les vois encore ; elles sont toujours là, mais elles ont perdu toute force, toute conviction.

Le Hasard, par exemple : je le vois, ce gros rocher abrupte depuis lequel je jouais et lançais des cailloux dans l'eau. Mais aujourd'hui, je le regarde, amusé. Je n'y crois plus : ce monde vivant si extraordinairement beau et complexe ne peut sortir du hasard.

Et la baie du Néant, alors ? Cette plage immense et vide, que j'évitais plutôt car je n'y étais jamais très à l'aise. Elle aussi, je la vois, mais elle me paraît absurde aussi : le monde serait donc apparu de rien ? Quelque chose peut-il naître de rien, du néant ? C'est impossible. Donc, de loin en loin, il y a toujours eu quelque chose. Quelque chose existe depuis toujours.

Tous ces paysages, qui m'ont été si familiers, si rassurants car je les connaissais depuis mon enfance, et qui me paraissaient des évidences, s'éloignent. Et leurs vérités qui me paraissaient si fortes s'estompent...

Et je me rapproche de l'autre rive que je voyais de si loin, et qui me paraissait si irréelle : Dieu, l'univers, l'amour, et ce Jésus, tout cela est si... étrange ; et pourtant je m'en rapproche. Ces paysages me sont de plus en plus familiers ; et je me sens vibrer de plus en plus, je me sens vivre, alors que j'étouffais là-bas sous l'absurde, la mort et le désespoir qui rôdaient partout. Ici, tout est logique, tout prend sens et prend vie.
Mais je ne me remets toujours pas de me dire que Jésus le Nazaréen a réellement existé. Je regarde ce paysage avec incrédulité, mais je sens bien qu'il est plus beau, plus cohérent, plus vrai et plus efficace, aussi. Regarde les fruits de l'amour : comment admirer les fruits sans admirer l'arbre ? Pire : comment admirer les fruits en voulant nier l'existence de l'arbre ?

L'idée de Dieu paraît un peu dingue si l'on veut limiter le monde à ce que nos yeux voient et ce que nos doigts touchent. Mais il faut être aveugle, et je l'étais, pour ne pas voir que le monde est plus complexe que cela : tout le monde s'accorde pour dire que l'amour est le moteur du monde. Et l'amour ne se voit pas ! Seuls les actes se voient, seuls ses fruits se voient. Comment admirer les fruits en niant l'existence de l'arbre ?

Et parfois, je me réveille le matin, j'ouvre les volets et je suis surpris du paysage : « Ah, oui, c'est vrai : j'habite ici, maintenant. »

Il y a comme une évanescence de l'idée de Dieu dans ce monde ; tout me ramène à mon ventre, mon sexe, mes sensations, mes soucis, à moi, moi, moi.

Ta mère voudrait que je voie un prêtre, mais je n'y suis pas encore prêt. Elle m'a donné la réponse : pour limiter l'évanescence, pour rester proche de Dieu, comme pour tout ami, il faut forcément Lui parler régulièrement et écouter Sa parole.

Tu me vois, moi, l'impie, prier ?

Je ne suis pas non plus encore prêt à prier... l'idée me fait sourire, mais pourtant, de façon furtive, il m'arrive parfois de dire : « Merci Seigneur, merci pour tout. »

J'ai oublié de te le dire, mais tu le sais peut-être déjà : Hélène a accepté de revenir à la maison.

Mon cœur déborde d'amour pour elle.

Et, là encore, j'ai ressenti au fond de moi ce désir brûlant de dire merci.

De : 1303ArMy@protonmail.com
À : sebastien-tito@outlook.com
Date : 07/12/2036 - 19h17
Objet : 1303ArMy.org

Sébastien,

Cela fait plusieurs semaines que je travaille à créer un site web. C'est Hélène qui m'a dit que je devrais partager ce que nous avons traversé. Alors, voilà, je le lance aujourd'hui : 1303ArMy.org.

J'y ai raconté notre amitié, ton IV2PA, mon désespoir et ma haine, et ta tombe.

Même avec mon pseudo, je n'ai pas raconté ma tentative d'assassinat... je ne pense pas que cela ferait du bien. Je l'avouerai peut-être un jour. Mais pour le moment, cela me paraît si loin : je voulais juste partager mon expérience de ton IV2PA.

Je n'y parle pas non plus de ma foi naissante : elle est encore trop jeune, trop récente, trop fragile, je ne veux pas l'exposer. Je ne veux pas qu'elle se prenne des crachats, des insultes. Je la laisse grandir ; cela viendra.

Mais je voulais déjà exprimer ma douleur, faire ressentir à quel point l'IV2PA est une torture. Et expliquer aussi comment cela m'a aidé de te mettre en terre. Et d'y revenir de temps en temps.

Hélène me dit que c'est magnifique.

De : 1303ArMy@protonmail.com
À : sebastien-tito@outlook.com
Date : 10/12/2036 - 15h27
Objet : Acronyme

Sébastien,

J'ai appelé ta mère aujourd'hui pour lui dire de regarder mon site web.

Elle m'a rappelé un peu plus tard, en me disant que c'était vraiment une très bonne idée, mais qu'elle n'aimait pas qu'on parle d'IV2PA à toutes les pages…

Je n'ai pas compris : pourtant, c'est le but ! Mais elle m'a expliqué que c'était du charabia, qu'il ne fallait pas accepter de parler ainsi, que ce mot mentait, que ce n'était même pas un mot d'ailleurs. Qu'elle n'aimait pas les acronymes et ce qu'ils cachent.

Elle est resté songeuse, un long silence, où je sentais que je devais me taire. Puis j'ai entendu son souffle et elle a murmuré, comme pour elle-même : « Oui, depuis toujours, depuis le début… »

Comme je ne comprenais toujours pas, elle m'a dit : « INRI ».

Nous sommes restés de longues minutes, silencieux.

De : 1303ArMy@protonmail.com
À : sebastien-tito@outlook.com
Date : 24/12/2036 - 19h12
Objet : Re-naissance

Sébastien,

Je suis passé voir ta mère cet après-midi ; je lui ai apporté des chocolats, mais elle m'a dit que mon sourire était son plus beau cadeau de Noël. Nous n'avons pas beaucoup parlé ; je suis resté à côté d'elle et on s'est tenu les mains, longtemps. Juste ça. Elle avait les yeux fermés. Je pense qu'elle priait, mais elle ne disait rien. J'étais juste bien, en paix, à sentir nos respirations. J'ai l'impression que c'est la première fois que je ressens ce qu'est Noël.

Et puis, je suis tellement heureux et surpris des réactions que suscite notre site web.
Tu n'imagines pas les centaines de retours exaltants que j'ai eus : le site a été partagé des milliers de fois en quelques jours. Des proches d'IV2PA qui me remercient pour le courage d'exprimer tout cela ; d'autres qui me disent leur propre douleur ; d'autres encore qui me confient le réconfort que cela leur a procuré de se sentir moins seuls... alors qu'on leur demande de trouver tout cela *normal*... Tu te rends compte : la société leur arrache des morceaux vivants et on leur demande de trouver cela normal...

Tous ces gens qui pleurent, échangent, réagissent, osent, parlent... Tous ces éclopés, je me suis dit que c'était peut-être ma petite armée qui se levait...

De : 1303ArMy@protonmail.com
À : sebastien-tito@outlook.com
Date : 01/01/2037 - 15h03
Objet : Une copine

Sébastien,

Gros choc aujourd'hui : je suis allé sur ta tombe avec Hélène pour bien démarrer l'année, en me disant que cette nouvelle année serait une année de vie.

Et il y avait une deuxième croix à côté de la tienne !

Je pense que c'est parce que j'avais mis un *extract* « Gomap » sur mon site, avec la photo de ta croix que j'avais montrée à ta mère.

Ça m'a fait un sacré choc parce que cela voulait dire que quelqu'un était venu ici – il n'y a jamais personne ici – et qu'il a mis des cendres de quelqu'un à côté des tiennes.
Cela m'a surpris et un peu effrayé, mais je suis content finalement, parce que la personne a fait les choses bien : la croix est identique, une petite croix blanche. Elle avait dû venir repérer avant, pour les dimensions.

Hélène était heureuse, elle. Elle me disait que c'était bien que j'aie partagé tout cela.

Sur la croix était gravé en bas, près du sol :
Delphine J. – IV2PA – 2033

Alors je vais y retourner demain pour graver sur la tienne :

Sébastien T. – IV2PA – 2036

J'avais le cœur serré, mais c'est plutôt amusant, non ?

De : 1303ArMy@protonmail.com
À : sebastien-tito@outlook.com
Date : 24/02/2037 - 16h29
Objet : Sans objet

Sébastien,

Je suis retourné à ta tombe aujourd'hui, car je voulais le voir de mes yeux ; je ne croyais plus les photos postées.

Je suis tombé à terre et j'ai pleuré longuement.

Si tu voyais comme tout s'est précipité…

Il y a un mois, le frère de Delphine (la fille dont la tombe est juste à coté de la tienne) a posté sur mon site une photo avec les deux croix côte à côte. Je ne connais pas ce gars. Il a juste écrit que c'était sa sœur, et posté la photo avec les deux croix, c'est tout.

Et depuis, si tu voyais : c'est devenu un immense cimetière. Toutes ces croix blanches alignées ; il y en a des centaines, peut-être un millier. Un champ de croix bien rangées, bien alignées. Toute cette douleur qui sort de terre, toutes ces victimes d'IV2PA, toutes ces familles, ces amis qui viennent déposer leurs cendres et planter leur croix.

J'étais là, debout, et des gens passaient à côté de moi. Certains repartaient, le regard triste, mais soulagés, et d'autres arrivaient, portant des urnes et des croix. Certains aidaient ; il y avait un gars costaud avec une masse et une pelle et qui disait qu'il pouvait donner un coup de main. Un autre lui a dit que c'était gentil, mais qu'il pourrait parler moins fort.

Toute cette douleur, Seigneur, tous ces morts assassinés, et tout cet espoir, Seigneur, ces visages tristes, mais déterminés.

J'étais chamboulé, je voulais repartir ; et en m'en allant, j'ai vu un écriteau, à proximité de la route, comme pour marquer l'entrée du champ :

Cimetière de la 1303e armée

Et juste en-dessous : « Ici reposent ceux qui sont partis trop tôt et qui voulaient un monde plus beau. »

Je me suis effondré en larmes à nouveau.

Toutes ces croix, Seigneur, toute cette douleur ; tous ces êtres qui ont disparu en arrachant leurs morceaux.

Un cimetière est toujours triste.

Un cimetière de suicidés, je n'en connaissais pas.

Un cimetière d'assassinés volontaires, c'est le premier.

De : 1303ArMy@protonmail.com
À : sebastien-tito@outlook.com
Date : 13/03/2037 - 21h29
Objet : 1303rd ArMy

Sébastien,

Il y a un an, tu nous quittais. Tu me manques encore terriblement.

Mais tu es là, je le sens, et tu as fait du bien au monde entier.

Par ton sacrifice, partout sur la planète ont surgi des cimetières spontanés de la 1303ᵉ armée – ou de la *1303rd Army* !

Si tu voyais ton armée, Sébastien !

Aux quatre coins du monde, elle s'est levée, plus belle, plus grandiose que tout ce que j'avais pu imaginer dans nos heures sombres.

Tous ces frères et sœurs, tous ces parents, tous ces amis, tous, ils crient leurs pertes au front : les sacrifiés de l'efficacité, les suicidés volontaires, les assassinés par process, les massacrés de l'indifférence.

Ils ont enterré leur mort, mais ils sont déterminés à en finir avec l'IV2PA et toutes ses variantes plus ou moins sophistiquées.

Tous ces gens mobilisés ont une énergie extraordinaire, une rage magnifique.

Ils ont plein d'idées ; parfois drôles en apparence, mais toutes tragiques au fond. Ils vont convaincre le monde d'en finir avec ces critères de sélection, avec ces processus inhumains et avec cette indifférence généralisée.

Ils vont convaincre le monde car ils ont la vérité de leur douleur avec eux.

Ils vont renverser la table ; ils vont renverser le monde.

Ils feront ce que nous n'aurions pas pu faire à deux. Si tu voyais leur détermination !

Ils sont magnifiques et innombrables.

Ils ont la rage. Une rage d'amour immense.

Ton sacrifice n'a pas été vain, Sébastien.

Tu peux reposer en paix ; la victoire est proche.

Printed in Poland
by Amazon Fulfillment
Poland Sp. z o.o., Wrocław

20280301R00086